あたしのおばあちゃんは、プタ

ニーナ・ボーデン 作
こだま ともこ 訳
金子 恵 絵

童話館出版
子どもの文学●青い海シリーズ・31

この本を書くにあたって、いろいろな方にお世話になりました。判事《はんじ》さん、弁護士さん、訴訟《そしょう》のための後見人《こうけんにん》、たくさんの裁判所職員の方々が、貴重な時間をさいて助けてくださいました。みなさん、ここに名前をあげることはのぞんでいらっしゃらないと思いますが、心から感謝いたします。

それから、もうひとり、私の孫娘であるオッティリー・カークにもお礼を言わなければなりません。なぜなら、ずっと昔、オッティリーは「ぶた」と書くことができなかったのです。

ニーナ・ボーデン

目次

1　「おばちんわプタ」

よそのうちのおばあちゃんって、やわらかくって、おしろいの粉っぽくて、やさしくて親切だよね。トムとロージーのおばあちゃんみたいに。でも、うちのおばあちゃんは違う。なにしろ、あたしのおばあちゃんは、プタだから。

ロージーというのはあたしの親友。トムはロージーのお兄さんで、ふたりのおばあちゃんは、学校からあまり遠くないところに住んでいる。おばあちゃんの家は、学校とあたしたちが乗る駅のあいだにあるので、あたしたちは電車に乗る前に寄り道することにしている。

ロージーのおばあちゃんのうちの出窓《でまど》には、いつも花を入れた花びんが「きっちり真ん中」に飾《かざ》ってある。おばあちゃんはドアを開けると、きまって「まあまあ、あなたたちだったの！びっくりしたわあ」と言う。まるで、九百年ぶりに再会したみたいに。もう両手にはちゃんと、

マグカップを三つとビスケットのお皿をのせたお盆《ぼん》を持っているのにね。ばっかみたいって思うかもしれないけれど、そんなふうにやさしく迎《むか》えられると、あたしはとってもいい気持ちになる。

あたしのおばあちゃんのプタは、ぜったいにドアのところに迎《むか》えにきたりしない。あたしが自分の鍵《かぎ》でドアを開けると、どこにいても大声《おおごえ》で「だあれ!」と怒鳴《どな》る。「あたし」って答えると、「はいっといで」。

ロージーやトムをうちに連れてきたとき「コーラを飲んでいい?」ときくと、プタはロージーのおばあちゃんみたいに「あらまあ、牛乳のほうがいいんじゃない? それとも、作りたてのレモネードはいかが?」なんて言わない。「さあさあ、どんどん飲んで虫歯をどっさり作ったら」だって。

トムとロージーは、うちの隣《となり》に住んでいるからプタのことはよく知っているし、親友だから、かげで悪口を言ったりはしない。でも、ほかの子はぜったいに、うちに連れてこないことにしている。べつにうちが汚《きたな》いからじゃない。いつもお掃除《そうじ》をする人がきてくれるからね。でも、毎月といっていいくらい人が替わる。みんな一か月以上はがまんができないらしい。

うちは汚《きたな》くはないけれど、なにしろ猫《ねこ》がどっさり（このあいだかぞえたら九ひき）と、犬が四ひきもいて、それもみんな年寄りばかり。そのうえ最悪なのは、プタがタバコを吸うせいで、うちじゅうの物にひどいにおいがついていること。カーテン、カーペット、犬、猫《ねこ》、それにあたしの髪の毛にまで！

「それって、汚《きたな》くて、最悪の習慣だよ」

あたしはプタにいつも言っている。

「ちょっと、自分のかっこうを見てごらんよ。服の前は灰だらけだし、口の周りは黄色くなってるし、歯はヤニで真っ黒。それよりなにより、いいかげんにしないと死んじゃうんだからね。肺に汚《きたな》い緑色のヤニがどんどんたまってって、今にコロッといっちゃうよ」

するとときどき、それもきまって寒い日に、プタは窓を開けてあたしを窓のすぐ横に座らせる。でも、いつもはあたしが文句を言ってもケラケラ笑って、しまいにはせきこみはじめながら、こう言う。

「わたしはね、百歳まで生きたいなんて思ってないの。あんただって、わたしにそんなになるまで生きていてもらいたくないよね？　そうしたら、わたしの世話をしなきゃならなくなるし、ふたりともたいへんだもの」

表彰式《ひょうしょうしき》やクリスマスの劇のような行事で学校にくるときだけ、プタは禁煙《きんえん》する。あんまり禁煙《きんえん》が苦しかったら、むりしてこなくてもいいよと言っているけど、そういう行事には両親の代わりに自分が行かなければと、かたく心に決めているらしい。そして、たいてい最前列に座って、しかめっ面《つら》をしている。

それから、プタはかなり見かけがへんてこだと思う。ロージーのおばあちゃんがいつも着てるのは、ウールや絹《きぬ》のやわらかい布の、淡《あわ》い色のきれいな服。眼鏡《めがね》は金のくさりをつけて首からさげているし、金色のちっちゃなピアスをしていて、スミレのせっけんみたいないいにおいがする。でも、プタときたら、いつもジーンズとバイク用の革ジャン。さもなければ、床《ゆか》に引きずるようなほこりっぽい、黒いスカートをはいている。それに、特別なときにだけだしてくる、ゲーッとなるような毛皮の短いコートも。

暖かいからとか、おしゃれだからとかいって動物を殺すのはよくないことだよ、とあたしが言うと、プタは言い返す。

「どこの老いぼれオオカミの毛皮か知らないけどね、どっちみちとっくの昔にあの世にいってるんだから、今ごろお悔《く》やみを言っても遅《おそ》いんじゃないの。でも、いやだっていうなら、黒いウールのワンピースに、あのブローチをつけていってもかまわないけど」

えーっ、やめてよ、とあたしは心の中で叫《さけ》ぶ。黒いワンピースはともかく（近寄って見なければ虫食い穴がわからないから）、ブローチというのが問題。ちゃんとしたおばあちゃんって、ちゃんとした宝石を持っているものだよね。真珠《しんじゅ》とか、上品《じょうひん》な細工《さいく》のあるすてきな指輪とか、孫娘に残してやれるような物を。それなのに、プタのブローチときたら、あたしのげんこつくらいでっかい金のかたまりの上に、ダイヤモンドでできた小鳥やら花やらが、ごてごてついているという代物《しろもの》なんだから。

もともとこのブローチは、何百年も前にロシアに住んでいたプタのご先祖さまのものだったらしい。きっとその人って、すごいお金持ちだったんだろうな。それとも、そのころは宝石がめちゃくちゃ安かったとか。そんなにすごいブローチなのに、プタはセーターのしみを隠《かく》したり、ボタンがとれたりファスナーが壊《こわ》れたりしたときに、ちゃっかり使っている。しっかりした、いいピンがついてるからね、だって。

あたしのお母さんは、よくプタに言っている。

「あーらまあ、あなたったら。そんなに大きくて下品《げひん》なピカピカを、いつもつけてるものじゃなくってよ。ドロちゃんにねらわれたら、もうたーいへん！」（お母さんはだれにでも「あーらまあ、あなたったら」と言う。たいていは相手の名前を忘れたときだけど、まさか自分のお母さんの名前を忘れるわけないよね）

でも、プタはそんなとき肩をすくめるだけ。

「ほんものだと思う人なんかいるはずないよ。ブローチをつけてるわたしをじっくりながめたらね」

五つか六つのころは、あたしは学校でいつも自慢《じまん》していた。うちのおばあちゃんの家族は昔ロシアに住んでたんだ、あのでっかいブローチはロシア皇帝《こうてい》からもらったものなんだよ、なんて。でも、今はあたしも大人になったから（今度のお誕生日で十三歳）、そんなに高価な物を身につけているのは、とてもおそろしいことだと思うようになった。アフリカで飢《う》えに苦しんでいる人たちや、ニューヨークやロンドンの路上で寝ている人たちもたくさんいるというのに。あたしたちのクラスは、前の学期に第三世界（注）の貧困について調べた。あたしはみんなより先に調べ終わったので、西の世界の貧困についても、特別にレポートを書いた。

（注）第三世界…1950年代に生まれた言葉で、アジア、アフリカ、ラテンアメリカ地域の旧植民地・従属国の諸国のことをいう。

それに、もちろんこう思う人もいるかもしれない。もしもブローチを売ったら、プタだってもう少し上品《じょうひん》な服が買えて、紙袋をかかえて歩く家のない人たちや、ぼろ人形のアンみたいなかっこうをしなくてもすむのに、って。クラスの女の子たちも、かげでそんなことを言っていると思うよ。その子たちは、あたしの両親の悪口も言っているだろうな。アイツ、頭のてっぺんのハゲを部分ウィッグで隠《かく》してるんだって、とか、アノヒト、また顔の端《はし》を引っぱりあげるしわとり手術をした（または、したほうがいい）、とか。

この話を始める前に、あたしがどんな子なのか説明したほうがいいかもしれないね。あたしの名前はカトリアオーナ・ナターシャ・ブルック。ナターシャはお母さんのほうからきた名前で、ブルックはお父さんの家の名字。あたしって運がいいと思う。だって、結婚する前にお母さんの名前についていた、プタの実家の名字ときたら、とにかく長たらしいうえに、ほとんど発音不可能だから。カトリアオーナというのはスコットランドの名前で、両親がスコットランドを巡業中《じゅんぎょうちゅう》にあたしが生まれたので、こういう名前をつけたのだという。プタの話によると、お母さんは上演中の二十分の幕間《まくあい》に、主演女優の楽屋《がくや》であたしを産んだそうだ（お母さんが主演女優だったわけではなくて、ただのお手伝いさんの役だったけれど、とにかく緊急事態《きんきゅうじたい》だったから)。

学校の先生の中には、あたしをカトリアオーナと呼ぶ人もいる。でも、ほかの人はたいていキャットと呼ぶ。プタは大切なことを話すときだけカトリアオーナと呼ぶし、お母さんも電話でそう呼ぶことがある。それに、お母さんは「かわい子ちゃん」とか「わたしのいい子ちゃん」とか「宝物ちゃん」とかいう言葉を使い果たしたあと、「ナタアル・ル・ルーシャ」と、何かで舌をくすぐられているように呼ぶときもある。

赤ちゃんのころ、両親からどんな名前で呼ばれてたのかは知らない。ただ、「かわい子ちゃん」とか「わたしの天使」とか呼ばれる前に、「チビスケ」とだけ呼ばれていたときがあったのは覚えている。「あのチビスケ、どこ行った?」とか「チビスケ、見なかった?」とか。たいてい、チビスケの前に失礼な形容詞《けいようし》がついていたっけ。

これはプタがあたしを引き取る前の話。そのころのあたしは、まだ両親やほかの劇団員といっしょに旅をして、あちこち引っぱりまわされていた。衣装係の女の人のかごに寝かされたり、舞台《ぶたい》に赤んぼうが必要なときに、おくるみでぐるぐる巻きにされてステージにでたり。そのうちに、あたしは大きくなりすぎて、赤んぼう役をおろされたんだと思う。

次にあたしが覚えているのは、古ぼけた、大きなひじかけ椅子《いす》に座り、穴の空いたところからでているつめ物を引っぱりだしていたこと。正面にはプタがいて、あたしとプタは、バッチリにらみ合っていた。

あたしはそれまで、これほど背が高くて、これほどやせた人を見たことがなかった。大きな、とんがった鼻。大きな、するどい目。ひとみはひどく薄い、つきさすような氷の青。小枝を束ねたように、長くてふしくれだった指。カカシの指みたい、とそのときあたしは思った。たぶん、前に絵本か何かでカカシの絵を見たことがあったらしい。それも、すごくこわい絵だったに違いない。あたしは大声《おおごえ》で泣きだして、椅子《いす》に座ったまま手足をばたばたさせた。すると、そのおそろしいカカシは、あたしの前にひざまずいて言った。

「しーっ、しーっ、キャットちゃん。そんなに泣かないで。わたしの胸までつぶれそうになるから……」

ほんとうは、そんなふうには言わなかったと思う。だって、ぜーんぜんプタらしくないもの！ただ、あたしの思い出の中のプタはそう言っていたってこと。それに、そのときはまだ、あたしのおばあちゃんはブタではなかった。あたりまえだけど。

おばあちゃんがブタになったのは、あたしがちゃんと字が書けなかったせいだった。読むことは読めたけれど、字を書くようになる前に、「よく聞いてごらん。この音はこういう字で書くんだよ」なんてあたしに教えてくれる人はだれもいなかった。

知らない家に連れてこられたあたしは、ともかくいやでいやでたまらなかった。お母さんやお父さんと別れてさびしかったかどうかは覚えていないけど、もうめちゃくちゃこわかった。それに、これから「おばあちゃん」と呼ばなければならない、背の高い、枝みたいにやせたその人に、腹を立ててもいた。だから、あたしはその人にわめきちらした。牛乳のマグカップを台所の壁《かべ》に投げつけた。ニンジンを吐《は》きだした。

その人に買い物に連れだされると、あたしはウルワース・デパートの真ん中で仰向《あおむ》けにひっくり返って、足をばたばたさせて泣きわめいた。しまいには、とまどった顔の人たちが周りを取り囲んで、あたしを見おろしながらひそひそささやきはじめるしまつだった。

うちに帰って、その人がおやつにアイスクリームをだしてくれると、あたしはアイスクリームをつぶしてから、ぐるぐるとかきまわした。しまいには、アイスクリームはお皿からあふれだし、白い川になってテーブルのふちから下にこぼれて床《ゆか》にたまり、あちこちから猫《ねこ》が寄ってきてなめはじめた。

そのあと、あたしは階段を一段ずつドンドンと踏《ふ》みならして、子ども部屋に駆《か》けあがった。それから、ドアを開けてはバーンと閉めるのを、何度もくり返した。とにかく、その人が悲しくなるようなことがしたかった。あたしは、ノートをやぶって「おばあちゃんはブタ」と書いてからドアを開け、セロテープで外側に貼《は》りつけた。

ただ、ちゃんと書けなかったんだよね。

だって「ブ」と「プ」の区別もつかなかったんだもの。

それで「おばちんわプタ」って書いたわけ。

足音が聞こえた。ドアをたたいている。それから、その人はへんな声をあげた。あの紙を見て怒ってるんだ、とあたしは思った。どうするだろう？　殺されるかな？　でも、ドアを開けてみると、その人は階段をあがったところに座りこみ、お腹《なか》をかかえて、笑っていた。その人のほっぺたを、涙がつるつるつたっていた。

プタはお医者さんだ。ずっと昔、ポーランドの病院につとめていた。それから戦争が始まり、病院は爆撃《ばくげき》を受けた。プタは一生懸命にたくさんの患者《かんじゃ》を助けたけれど、病院は焼け落ちてしまい、プタはポーランドの首都《しゅと》（ワルシャワという）からでる最後の汽車に乗った。そして、どこかからの最後の飛行機に乗ってイギリスにきて、おじいちゃんと結婚した。おじいちゃんもポーランドから逃《に》げてきたひとりだった。おじいちゃんは科学者で、アメリカにちゃんと職場が用意されていたのに、お母さんが生まれる一か月前に突然、あっというまに死んでしまった。それでプタはロンドンの病院につとめることになり、郊外《こうがい》に家を買った。今、プタとあたしが住んでいる家だ。プタは、病院を定年でやめたあとも、まだうちで何人かの患者《かんじゃ》さんを診《み》ている。でも、だれからも治療費《ちりょうひ》はもらっていない。お金を持ってる人なんか、ひとりもいないからね、とプタは言っている。

うちにくる患者《かんじゃ》さんはたいてい年寄りで（昔から診《み》てあげているから）、なかにはとても変わった人たちもいる。たとえば、その人がうちにはいる前には、必ず窓もカーテンも、しっかり閉めておいてあげなければいけない女の人。だれかが（だれということは言ってくれない）、窓からのぞいて、自分のことを見ているから、だって。

それから、もうひとりの自分に話しかけて、今度はその人の言っていることにじっと耳をかたむけ、ゲラゲラ笑いだす男の人もいる。ほかの人には見えない二番めの自分から、思ってもみないようなおかしい話を聞いたみたいに。

それに、いつもニヤニヤ笑っている男の人もいる。笑うといっても口の両端《りょうはし》をあげているだけ。目はまっすぐに前を見ているけれど、相手を見ているのではなくて、相手をつきぬけて、その向こうにある何かを見ている。こんなことをされると、かなり不安になっちゃうよね。

最後の、いつもニヤニヤ笑ってる人はちょっとこわいけれど、あたしは患者《かんじゃ》さんたちには慣れている。でも、ロージーとトム以外の友だちをうちに連れてこないもうひとつの理由はこれ。クラスの女の子たちが、キャット・ブルックって精神病院に住んでるんだよ、なんて悪口を言っているのは知っている。こういう点にかけては、女の子のほうが男の子よりずっと意地が悪いよね。運がいいことに、ロージーとトムをのぞけば、学校の生徒で、このあたりに住んでいる子はひとりもいない。

それに、ロージーとトムは自分のお母さんもお医者さんだから、患者《かんじゃ》さんのことはよくわかっている。ロージーの家の裏が医院になっているから、薬より話し相手が必要な患者《かんじゃ》さんが、

うちにまわされてくることもある。

あたしはお医者さんにはなりたくない（お芝居《しばい》の仕事もいやだけど）。でも、もしお医者さんになるなら、ふつうのお医者さんがいいな。あたしは一度プタにこう言ったことがある。

「うちにくる患者《かんじゃ》さんて、もうこなくてもいいですよ、ってことにはぜったいにならないんだね。いつまでもいつまでもくるじゃない。ロージーのお母さんは、薬をあげて包帯《ほうたい》を巻いてあげるの。それでみんな、どんどんよくなるんだよ」

「わたしは包帯《ほうたい》は苦手なの」とプタは言った。「血を見るのも大きらいだよ。それに、もしわたしがあの人たちを診《み》なければ、いったいだれが診《み》てあげるの？ あの人たちは、ほとんどみんな、これ以上はよくならないの。でも、わたしと会って話したあと、ほんのちょっとだけでもいい気分になることがあるんだよ」

それから、プタは頭をちょっとかしげ、するどい青い目をキラッと光らせてあたしの顔を見た。

「キャット、ほんとは何を言いたいの？」

こんなふうに、あたしをぎょっとさせることが、プタにはよくある。あたしが言わないでいることを、ちゃんとわかっているわけ。そのときあたしがほんとうに言いたかったのは、隣《となり》の

医院にくる患者《かんじゃ》さんは、ふつうの、ちゃんとした人たちで、たまたまそのときだけ病気になった人たちだってこと。

もし、プタの患者《かんじゃ》さんがロージーのお母さんの患者《かんじゃ》さんみたいだったら？　生垣《いけがき》の中で寝起きしているような、汚《きたな》らしくて気味《きみ》の悪いフロッシーおばあちゃんや、目に見えないオーケストラにせっせと指揮棒をふって、踊《おど》りながら門をはいってくる、おかしなウィルバーフォース・フリスビーさんみたいな患者《かんじゃ》じゃなかったら？

そしたら、プタだっておしゃれができて、もう少しふつうになって、みんなから尊敬されて、もう少しほんとうのおばあちゃんらしくなるのに。この歳になっても、長い白髪《しらが》を背中の真ん中あたりまでバサバサ伸《の》ばしているなんて、まちがってない？　それに年寄りがバイクに乗るのだって、おかしくない？　危険だよ。ぜったいに禁止する法律を作るべきだと思うな。

2　ハーレーでお迎《むか》え

小学校のときは、何もかもうまくいってた。もちろん、プタが、ほかの親やおじいちゃん、おばあちゃんよりずっと目立つ種類の人間だということは、とっくに知っていたけどね。プタが運動場まで迎《むか》えにくるときに、みんながへんな目つきで見たり、うしろでこっそり笑ったりしてることも。でも、あたしはへっちゃらだった。

それは、担任の先生があることを言ってくれたからだった。

その先生はヒルダ先生という名前で、とってもきれいな人だった。つやつやのまっすぐな髪はほとんど白に近い金髪《きんぱつ》で、ときには銀色に見えることもあった。先生がかがむと、顔の両脇《りょうわき》に髪がさらさらとかかった。さわったらどんな感じがするのか知りたくて、クラスじゅうの子が競争で手をのばした。きっと、あたしたちはみんな先生に恋をしていたのだと思う。小さな

子どもたちって、小学校にはいって初めて会う先生が大好きになるよね。

毎週月曜日に〈自分のお話をしましょう〉という時間があった。小さなことでもいいからテーマに合った話を探してきて、全員がみんなの前でお話をする時間だった。お話のテーマは毎週違っていて、ペットのこともあったし、お天気とか夏休みや冬休みのこともあった。

ある月曜日のテーマは「家族」だった。手をあげてさされた子が、お母さんやお父さんが土曜日と日曜日に何をしたか話すことになった。ロージーは、お父さんが土曜日にトムと自分を科学博物館に連れていってくれ、日曜日にはウサギ小屋を修理したと言った。それから、お母さんが庭の草とりをしているあいだに、お父さんは家族みんなのお昼ごはんを作ってくれたんだって。

あたしは、ずっと手をあげなかった。しまいに先生があたしの顔を見たので、何か言わないわけにはいかなくなった。

「あの……、おばあちゃんと住んでるから」とあたしは言った。

うしろでくすくす笑った子たちがいた。先生はその子たちをこわい顔でにらんだ。それから、にっこり笑ってこう言った。

「先生も知ってるわ。でも、おばあちゃんは家族よ」

あたしは机の上をにらんで、口をぎゅっとむすんでいた。前の日の日曜日、プタとあたしはハーレーダビッドソンで高速道路を走った。プタに言わせれば「ブイブイ飛ばし」に行ったわけ。こんなにわくわくすることって、世界じゅうどこを探したってないと思うよ。

プタの背中にぴたっとくっついて、お腹《なか》にまわした両手をしっかりにぎりしめる。百万馬力《ひゃくまんばりき》の超特大のバイクは、ブイブイうなりながらビューンとかたむいて驀進《ばくしん》する。あたしは向かい風を胸いっぱいに吸いこんで……でも、ほかの子たちがしゃべったこととは違いすぎるし、ひとりだけ目立つのもいやだった。

すると、ヒルダ先生はやさしい声で言った。

「キャット、先生も知ってるけど、あなたのお母さんとお父さんは有名な方よね。テレビでふたりの顔を見た人は、たくさんいると思うの。でも、あなたのおばあちゃんは、とってもすばらしい方よ。大きくなったら、あなたにも、もっともっとよくわかると思うわ」

先生は、なんにもわかっていない。あたしが、親といっしょに暮《く》らしていないのを恥《は》ずかしがってると、かんちがいしている。でも、そんなことはどうでもいい。プタのことを「とってもすばらしい方」と言ってくれたんだもの。それに「有名な方」と言ったとき、先生がお母さんやお父さんのことを、あまりよく思っていないということもわかった。

なにしろ、そのときはまだ六歳だったから、こういうことを言葉で説明することはできなかったけれど、それでもあたしには、はっきりとわかった。

あたしは、座ったまま、もぞもぞしながら「あたしのおばあちゃん、プタなんだもの」と言った。今までその言葉を口にだしたことがなかったから、ほんとうに小さな声で。だからヒルダ先生には聞こえなかった。

ヒルダ先生は、教室のうしろで手をあげた男の子にうなずいてみせた。その子が、お母さんが妹にお誕生日のケーキを作った……だの、妹が四本のローソクをぜんぶ吹き消した……だの、つまらない話をだらだらしているあいだ、あたしは小さな声で、まるで魔法《まほう》の呪文《じゅもん》みたいに、何度も何度もくり返していた。

あたしのおばあちゃんは、プタ。

「プタってなんのこと？」

車のうしろの座席でロージーがきいた（その日は、ロージーのお母さんが学校に迎《むか》えにくる番だった）。

「んー、わかんない」あたしは知らないふりをした。

「すっごく、こわそう！」トムがクックッと笑いながら言って、あたしの脇腹《わきばら》をひじでつついた。はしゃいで真っ赤な顔をしている。「そいつ、女の子をさらってったりして」

「じゃなきゃ、悪い男の子を食べちゃったりして」

あたしは言い返した。

「真夜中になると屋根の上を飛びまわって、えんとつからすうっとおりてくるんだぞお。それから、男の子の手や足をもいで、ソーセージみたいにぐつぐつ煮《に》ちゃうんだぞお」

「やめろよ！」トムは怒鳴《どな》った。

あたしはトムをぶった。トムもぶち返した。

「やめなさい、みんな。もう、いいかげんにしなさいよ」

ロージーのお母さんが叱《しか》った。すぐにロージーがピイピイ声《ごえ》をあげた。

「わたし、なんにもしてないよ！」

「そうだよ、ロージーはしてないよ」あたしは言ってあげた。「ロージーは悪くない。トムとあたしがけんかしてるだけだもん。いつもみたいに」

「もう、あんたたちふたりったら！」とロージーのお母さんは言ったけど、ケラケラ笑っている。トムとあたしがけんかしたって、気にしたりしなかった。

「男の子は女の子をぶったりしちゃいけません」みたいなばかなことは言わなかった。「ロージーはけんかしないわよ。どうしてあなたもそんなふうにできないの、キャット？」なんてことも。

トムがあたしにささやいた。

「もし、おまえのおばあちゃんがブタなら、おまえだってブタだよ。おばあちゃんがデカブタ、おまえはチビブタ」

それから、ふたりして転げまわって笑った。そのころは、まだとっても小さかったからね。ロージーとあたしは六歳、トムだってまだ七歳だった。

それからもずっと、トムとあたしはよくブタごっこをして遊んだ。学校でも「ブタだぞお！」とふざけて、くすくす笑ったりした。七つか八つのときは、怪獣《かいじゅう》ブタになって小さな子を追いかけたりもした（おどかしたんじゃなくて、からかっただけ）。だれかがプタの悪口を言ったりしたら、プタがそいつらをどんな目にあわせるか、空想した。凶暴《きょうぼう》な大ネズミのいるおりに閉じこめるとか、下水《げすい》に流してしまうとか。十歳になるころには、そういうことが少しばからしくなってきたけど、少なくとも、みんなの目をあたしのお母さんやお父さんからそらすことができたのはたしかだった。

お母さんやお父さんはそのころになると、老人ホームを舞台《ぶたい》にしたテレビドラマにせっせとでて、みんなの笑いをとっていた（プタはあたしにテレビを買ってくれた。あたしは両親が何をやっているかたしかめるときにちょっと見るだけで、ほとんど見なかったけど）。

十一歳になったとき、ロージーとあたしは中学校に入学した。中学校は小学校よりずっと遠いところにあった。車で行くと混んでいてうんざりするほど時間がかかるけど、電車だと、たったの四駅めだった。遠いからという理由で、小学校の同じクラスの子はみんな、近くに新しくできた中学校に進んだけれど、ロージーのお母さんとプタは、あたしたちを遠い中学校に行かせることにした。そこのほうがよい教育を受けられるし、もうふたりとも大きいから、自分たちだけで電車に乗ってもだいじょうぶ、と言って。

トムも、一年前から同じ中学校に通っていた。ロージーとあたしがいっしょに学校に行くと言ったらいやがって大騒《おおさわ》ぎしたけど、ほんとうはうれしいにきまっていた。

駅をおりてから学校までは、かなり遠かった。まず長い坂道をのぼり（途中《とちゅう》にある、ロージーとトムのおばあちゃんの家の前をとおりすぎて）、それから小さな林の中の道をぬけ、原っぱを横切って、やっと学校につく。朝は明るいし、犬の散歩をしている人たちもいるので気持ちよかったけど、冬の夕暮《ゆうぐ》れともなると、暗くてかなりこわい。林のこずえはざわざわ騒《さわ》ぐし、おそろしいかげが木々のあいだをさっと横切るような気がするし、とてもひとりでは帰れない。

もちろん、トムはぜったいにこわいなんて言わなかった。でも、あと少しで冬休みというころになって、トムとロージーがインフルエンザで休んだとき、トムはお母さんにキャットがこわがるかもしれないよ、と言った。お母さんがそれをプタに言ったので、プタがあたしを迎《むか》えにくることになった。

プタはなんと、ハーレーに乗って現れた。その日の朝、学校に行くとき、プタが「おんぼろ車を持ちだして、渋滞《じゅうたい》に巻きこまれるのもいやだね」と言うのを、あたしはたしかに聞いていた。でも、まさか校門の前に、宇宙人のようなかっこうで現れるとはね。

一瞬《いっしゅん》、あたしは初めてプタを目撃《もくげき》したような錯覚《さっかく》をおこした。半分人間で半分クモのきみょうな生き物。黒い革ジャンと革のパンツに包まれた、細長い手足。頭には黒いヘルメットをかぶり、ゴーグルをその上におしあげている。ヘルメットからはみだした髪の毛ときたら、髪の毛というより干し草の山みたい。そして、もちろんタバコをもくもくふかしている。

あたしは校舎へこっそり戻ろうとした。みんなが帰ってしまうまで、トイレに隠《かく》れていればいい。そうすれば、あたしのおばあちゃんだとはだれも気がつかないだろう。明日は、なんとかして迎《むか》えにくるのをやめさせなければ。駅までいっしょに帰る子を見つけたって言おうか。それとも、暗い原っぱをとおるのなんかこわくないって……。

でも遅《おそ》すぎた。見つかってしまった。うれしそうに手までふっている。あたしもやっとのことで手をふったけど、おそろしいのと恥《は》ずかしいのとで手足がこちこちになっていた。ロージーとトムをのぞいては、新しい学校で今までプタに会った子はひとりもいない。そのうちに見かけることはあるかもしれないけれど、こういうかっこうのプタはね！　バイクにまたがってるんだよ！　革ジャンを着てるんだよ！

「キャット。元気な赤いほっぺたをしてるね。きっと、この学校が合ってるんだ。さあ、サドルバッグに持ってる物を入れて、ヘルメットをかぶりなさい。ブイブイ飛ばしてうちに帰ろう」

プタにそう言われても、あたしは口がきけなかった。さっきほっぺたが赤くなっていたとしたら、今はもう溶鉱炉《ようこうろ》の中みたいに真っ赤になっているだろう。あたしは、プタのうしろに乗ってヘルメットを乱暴にかぶってから、目をぎゅっとつぶって何も見えないふりをした。だれが見物しているか、ぜったいに知りたくない。

同じクラスには、けっこう親切そうな子もいるけれど、一学期のうちはたいていの子が前の学校の友だちとべったりくっついていて、ロージーとあたしには、どの子が親切で、どの子がいじわるか、まだわからなかった。でも、あたしにはもうすぐわかりそうな気もしていた。そう思ったら、ちょっと薄目を開けて見ずにはいられなくなった。同じクラスの子が何人か立ち止まって、じっとこっちを見ている。たいていの子はびっくりして、ぽかんと見つめているだけ。

でも、ひとりだけ、さもうれしそうにいじわるな顔でニヤニヤしている男の子がいた。

ウィリーだ！　恐怖《きょうふ》のウィリー！

見たとたんにあたしの心臓はすうっと冷たくなって、胸が石みたいに重くなった。

3 鼻くそウィリー

あたしは、ウィリーの名字を知らなかった。あとでわかったけれど、最初はただのウィリー。

ウィリーは、いつも教室のいちばんうしろに座って、ほかの子に紙をまるめて投げたり、鼻をほじって鼻くそをばらまいたりしていた。ロージーとあたしは〈鼻くそウィリー〉というあだ名をつけた。いつもこんなにわかりやすい、というかいじわるなあだ名をみんなにつけていたわけではないけれど、ウィリーだったらそういうあだ名で呼んでもいい。だって、ウィリーはいつもほかの子をつねったりからかったりして、ヘラヘラ、ニヤニヤ笑っているのだから。

だれかがちょっと机をはなれると、その子のノートや何かをくしゃくしゃにしてしまう。当番が、こぼれそうな物、たとえば昼休みにみんなが飲む水を入れた水さしなどを運んでいると、足をさっとだしてつまずかせる。いつも先生に見えないところ、聞こえないところを選んでやるから、ウィリーはぜったいに叱《しか》られない。それに、クラスの子も先生に言いつけたりはしなかった。ウィリーのことをこわがっていたからではない。言いつけたってなんの役にも立たなかった。ウィリーはすぐさま仕返しをしてくるから。

ウィリーは細っこい顔をしていた。鼻も細くて長いのに、口はぼてっとたれさがっている。いつも口をでれっと開けていたから、プラムみたいに赤くてぬれた、下唇《したくちびる》の裏側が見えていた。体もやせていて、背もあまり高くないのに、手だけは大きくて、がっちりした大人の手だった。前に運動場で、ウィリーが年上の男の子に馬乗りになっているのを見たことがあった。その子は顔をふせてワアワア泣いていた。ウィリーは勝ちほこった顔で周りの仲間を見まわしながら、片手でその子の両方の手首をにぎり、もう片方の手で鼻をつまんでいた。

ウィリーの仲間は三、四人はいたけれど、同じクラスの子はひとりもいなかった。みんな、ウィリーより年上で、図体《ずうたい》も大きい子ばかり。そいつらは、休み時間や昼休みになると集まって、獲物《えもの》をねらうオオカミの群れみたいに運動場をうろつきまわる。いちばんいいのは、そいつらのほうを見ないこと。というか、どっちにしても、こっちが見ているところを見つからないことだった。

「もし目を合わせたら、あいつらを侮辱《ぶじょく》したってことになるのよ」とロージーは言った。「だから、なぐってもいいってわけ。目さえ合わさなければ、その子はいないことになるから、あいつらにも見えないってこと。いつもだれかをいじめたいと思ってるんだけど、やっぱりきっかけがいるのよね。ゲームでもやってるつもりなのよ」

ロージーはおしゃべりではない。あたしよりもトムよりも口数が少ない。でも、いったん口を開いたら、最後までしっかりと言う。それに、ロージーはぜったいにやっかいごとに巻きこまれたりしない。もしもあの日（ブタにバイクで迎《むか》えにこられて、あたしが困った日の翌日）、ウィリーがあたしにちょっかいをだしたときにロージーがいっしょにいたらきっと、言い返しちゃだめって言ってくれただろう。「キャット、あごをつんとあげて、知らん顔でとおりすぎるのよ！」

でも、ロージーはその日もインフルエンザで休んでいた。だから、あたしはロージーが用があるときだけいっしょに遊ぶ、フィオナという予備の友だち（予備のタイヤみたいな子）と遊んでいた。

あたしたちは、石けりをしていたけれど、そんなに真剣《しんけん》にやっていたわけではない。もう、そんな子どもっぽい遊びは卒業しかけていた。ふと気がつくと、鼻くそウィリーがいた。壁《かべ》に寄りかかって、鼻をほじりながらニヤニヤ笑っている。

あたしは、ぜったいにそっちを見ないようにした。ウィリーはわざと笑《わら》い声《ごえ》をあげて注意を引こうとした。でも、あたしは髪の毛をさっとかきあげただけで、前より一生懸命にぴょんぴょん跳《と》びはじめた。するとウィリーが声をかけてきた。

「おい、あの老いぼれ魔女《まじょ》はだれだよ？　おまえがきのういっしょに帰ったやつ」

あたしはウィリーをにらみつけた。

「きいてるだけだろ！　だれかの母ちゃんにしちゃ、ちょっと年寄りだと思ってさ」

あたしは返事をしなかった。フィオナは「トイレに行かなくちゃ」と言って、走っていってしまった。

ウィリーは、急に猫《ねこ》なで声《ごえ》になった。

「すげえバイクを持ってるんだな。だれだか知んないけどさ。あれって、ほんもののライダー用のバイクだよな」

「ハーレーダビッドソンだよ」とあたしは言った。「前はヴィンセント・ブラックシャドウに乗ってたけど、それは今、博物館にあるの」

こうして、あたしはころっとだまされてしまった。ウィリーは、からかっているのでもいやがらせを言っているのでもなくて、ほんとうに感心したような声をだしていたんだもの。でも、しゃべったとたん、しまったと思った。まんまとワナに落ちてしまった。これでもう、あたしは「見えるように」なってしまったのだから。

ウィリーはからかいだした。

「おいキャット、魔女《まじょ》の集会はどこでやってるんだ？　おまえもはだかになって、火の周りを踊《おど》るのかよ？　いつか見物に行ってもいいか？　ぜったいにだれにも言わないからさ」

ぼてっとした、だらしのない口がいつもよりぬめぬめ光っている。

「あんたの顔を見ると、オエーッとなるんだよ。よだれたらし！　鼻くそウィリー！　みんなにそう呼ばれてるの、知らないの？」

あたしがそう言ったとたん、ウィリーの灰色の目は、うしろでパチッとスイッチを入れたみたいにぎらりと光った。ウィリーがあんまり近くに顔を寄せてくるので、その目の中にあたしが映《うつ》っているのまで見えた。思わずあとずさりしたけれど、あたしはぜったいに逃《に》げるもんかと心に決めた。

「指一本でもあたしにさわってごらん、むちゃくちゃなぐってやるからな、鼻くそめ！」

あたしに勝ち目がないのはわかっていた。でも、あんまり腹が立っていたから、そんなことはどうでもよかった。そして、じっさいにウィリーがやったのは、あたしの手首をつかんで皮膚《ひふ》を思いっきりぎゅっとつねっただけ。つかまれていないほうの手で、あたしがドンとおすと、ウィリーは手をはなした。それから、いやらしい声で笑いながら言った。

「これですむと思うなよ」

〈知恵の光〉が午後の始業の鐘《かね》を鳴らしながら、運動場に現れた（この女の先生は国語の先生で、あたしたちのクラスの担任。ロージーが「知恵の光を持つ、いと高きものたち」という讃美歌《さんびか》からこういうあだ名をつけた。身長が二メートルくらいあったから）。

あたしはウィリーに背を向け、できるだけ早足で、でも走らずに歩きだした。ウィリーはすぐうしろをついてくる。教室の入り口でみんながおし合いへし合いして、ちょっと足が遅《おそ》くなったとき、首筋にウィリーの息がかかるのがわかった。あたしの耳もとでウィリーはささやいた。

「だから、おまえの名前はキャットなんだろ？　髪がそんなに黒いからな。魔女《まじょ》はみんな黒猫《くろねこ》を飼ってるんだ。今日はほうきに乗って迎《むか》えにくるのかよ?」

あたしがほんとうに震《ふる》えあがったのは、それを聞いたときだった。朝、今日はだいじょうぶだよ、ひとりで帰れるから、とプタに言ったばかりだったから。

「トムはおおげさに言ってるだけ。ほんとだよ。原っぱの暗がりがこわいのは、トムのほうなんだから。あたしじゃないの。それに、上級生の女の子で、同じ道をとおって駅に行く人たちもいるから、その人たちにくっついていく」

そして、プタはいそがしくて上《うわ》の空《そら》で聞いていたから、あたしの言ったことを信じてしまった(その日は、プタがロンドンの大学に講義をしに行く日だった)。

午後の授業は〈知恵の光〉の国語と、〈歯の妖精《ようせい》〉のフランス語だった。どちらの授業も、まったく耳にはいらない。ウィリーが仲間を集める前にさっと帰ってしまおうか、それともあきらめてうちに帰るまでどこかに隠《かく》れていようか。あたしはずっと迷っていた。

ロージーのおばあちゃんの電話番号を書いたものを持っていたら、電話をして原っぱの途《と》中《ちゅう》まで迎《むか》えにきてもらえるのに、とも思った。でも、おばあちゃんがロージーのお母さんに言うだろうし、ロージーのお母さんはプタに言うから、あたしがうそをついたのがばれてしまう。

それと、どっちみちロージーのおばあちゃんの電話番号は書き留めてなかった。

結局、走って帰ることに決めた。机のふたをバーンと閉めてから数分後に、あたしは校門からでていた。オーバーのボタンはかけ違っていたし、靴《くつ》ひももほどけていた。あたしは走るのがとても速い（泳ぎも得意。ボールを使うスポーツはだめだけど）。自分でもびっくりするほどのスピードで、原っぱも林も駆《か》けぬけた。ロージーのおばあちゃんの家に寄ったほうがいいかなと、ちらっと思ったけれど、ロージーもトムもいないのに、あたしだけ行っても喜ぶかどうかわからなかったので、そのまま駅まで走りつづけた。

午後のその時間にくる電車は少ししかないのを、あたしはすっかり忘れていた。お店や会社が閉まってラッシュアワーになる夕方までは、ほんとうに何本かしかない。だから、あたしたちはいつも、ロージーのおばあちゃんの家に寄り道していたのだった。さもないと、寒い、がらんとしたプラットホームで、長いこと待たなければならなかったから。

駅につくと、切符《きっぷ》を売る窓口のおじさん以外はだれもいなかった。改札口をとおり、ブリッジをわたって階段をおりると、もう人っ子ひとりいない。少し前から霧《きり》がでてきていた。駅のあかりがぼうっと暗くなっていて、いつもよりあちこちに暗がりができている。ドアに黄色いペンキで女子用トイレと書いてある待合室もあったけれど、電灯もなければ鍵《かぎ》もついていなかった。隠《かく》れるところもないので、あたしは階段の下にはいって、電車がすぐきますようにと祈《いの》っていた。それから、声をださずに数をかぞえはじめた。千までかぞえて何もおこらなかったら、ぶじにうちに帰れる。

六百十九までかぞえたとき、レールが震《ふる》え、電車がやってくる音がした。同時に、頭の上の木の階段を鳴らしてだれかがおりてくる。かなり体重のあるお年寄りみたいな、ゆっくりした、重い足音。それから、早足のパタパタいう足音も聞こえる。あたしは階段の下のあぶらじみた壁《かべ》に身をすり寄せて、ちぢこまった。ウィリーは、原っぱからここまであとを追ってはこなかったけれど、ロージーとあたしがこの駅から帰るのを知っているはずだ。

でも、階段をおりてきたのは、盲導犬《もうどうけん》を連れた、目の見えない男の人だった。そのとき、ブレーキをキイッと鳴らしながら電車が止まり、ドアが開いた。男の人がいちばんうしろの車両に乗ったので、あたしもつづいて乗りこんだ。電車がガタガタとホームにはいってきたときに見たかぎり、ほかにはだれも乗客はいなかった。目の見えない人でも、だれもいないよりましだった。あたしはせきばらいをしてから、盲導犬《もうどうけん》に「いい子ね」と声をかけた。ご主人にもあたしがいることがわかるように。

男の人はあたしのほうに顔を向けたけれど、ただそれだけ。とても濃《こ》い色の眼鏡《めがね》をかけているので、盲導犬《もうどうけん》を連れて白い杖《つえ》を持ってはいても、もしかしたら眼鏡《めがね》の奥《おく》からあたしを観察しているかもしれないと思って、なんだか落ちつかない気分になった。

あたしは電車が動くのをひたすら待った。男の人に「この電車、駅にはまって動けなくなったのかしら？」と言ってみた。ちょっと笑いながら、冗談《じょうだん》のつもりで。でも、男の人は何も言わない。無表情な、白い、パン生地みたいな顔をあたしに向けて、ただ座っているだけ。

車両がゴトンとちょっとかたむいた。あたしはさっきと同じ、ほがらかで人なつっこい声で「やっと動きだす気になったようですね」と言った。そのとたんに、やつらがすごい勢いで階段を駆《か》けおりてきて、ワアワア、キイキイ大声《おおごえ》をあげながら飛び乗ってきた。さっとドアが閉まり、やつらは目の見えない男の人の側、あたしの向かい側の座席になだれこんで座った。

三人だけしかいない。鼻くそウィリーと丸ブーとクサレガス。クサレガスはいちばん年上だった。クサレガスがウィリーの仲間だとわかったとき、ロージーとあたしはぜったいに十四歳か十五歳だよね、と言い合った。丸ブーはトムと同じクラスだから、このときはたぶん十二歳。あたしたちよりひとつ年上だった。

あたしは、座ったまま三人をにらみながら、なんてブサイクなやつらなんだろうと思った。特にクサレガスの顔ときたら。目はゴルフボールみたいに飛びだしているし、口を開けると真っ黒な、くさった大釘《おおくぎ》のようなものが、ずらりと並んでいるのが見える。ブサイク同士だから仲間になったのかな？　ロージーにきいてみようと思った。それから自分自身にきいてみた。あたしは生きのびて、またロージーに会うことができるんだろうか？

ほんとうに三人があたしを殺す、と思っていたわけじゃない。これは、最悪のことがおこりそうなとき、勇気をふるいおこすために言う冗談《じょうだん》。プタは〈絞首台《こうしゅだい》のユーモア〉と呼んでいるけどね。

たしかに、こんなふうに考えてたら、少し元気がでた。ウィリーたちは、あんなに騒々《そうぞう》しく電車に飛びこんできたくせに、今はやけに静かになって、無表情な顔であたしをにらみつけている。三人が三人とも。これがあんたたちのねらいなんだね、とあたしは心の中で叫《さけ》んだ。そうやって、あたしをおどしてるつもりなんでしょう！

すると、クサレガスが静かな、でも危険な声で言いだした。

「ウィリーはな、めちゃくちゃ無礼《ぶれい》なあだ名で呼ばれると、頭にくるんだってよ」

目の見えない男の人が、クサレガスのほうに顔を向けた。でも、その人は、それ以上何か聞いた、というようなそぶりは見せなかった。

ウィリーが言った。

「魔女《まじょ》の猫《ねこ》め。うすぎたねえ、おんぼろ魔女《まじょ》の黒猫《くろねこ》。こんなふうに呼ばれたいか、おまえ?」

「魔女《まじょ》なんか、この世にはいないんだよ」とあたしは言った。「それくらい、わかってるくせに。子どもの本の中にいるだけで、現実には存在しないんだよ」

丸ブーが座席の上を転がりまわって、ヒイヒイ笑いだした。

「ウィリー、言ってやれよ。おまえがこれからどうするか、こいつに言ってやれ」

笑いながら、丸ブーは言った。ぶくぶくした顔をてらてら光らせながら。この顔がどんなものに似ているか考えて、ロージーに教えてあげよう、とあたしは思った。でも、飢《う》えた顔というほか思いつかない。

目の見えない男の人が立ちあがった。盲導犬《もうどうけん》が、ハーネスをカチャカチャと小さく鳴らしながら、男の人を車両の反対側のすみに連れていく。男の人は、こっちに背を向けて座った。

クサレガスが小声《こごえ》で言った。

「わかったか？　かかわり合いになりたくねえってことだよ」

あたしは吐《は》き気《け》がしてきた。いくら目が見えなくても、何か悪いことがおこっているということくらい、気がついているはずだった。あたしを助けてくれるようなことはできないかもしれない。でも、大人でしょ！　なのに、こっちに背中を向けていいわけ？

男の人は次の駅でおりた。プラットホームで待っている人はいたけれど、ドアが開いても、あたしの車両に近寄ってくる人はいなかった。そして、あたしがちょっと動いた瞬間《しゅんかん》、ウィリーが飛びかかってきた。ドアが閉まると、ウィリーはあたしの髪の毛をつかんで、手にぐるぐると巻きつけた。そのまま、根もとからぬけると思うくらい、ぐいぐい引っぱってくる。あたしは言った。

「あの男の人、電車からおりて警察に知らせに行ったんだ。次の駅でみんな、つかまるよ」

でも、あたしだって自分の言葉を信じてはいなかった。

ウィリーはまた、頭の皮がはがれると思うくらい、髪の毛をぎゅうぎゅう引っぱる。

「もしけがをさせたら、あたしに何かしたら、ひどい目にあうからね。あたしのおばあちゃんは魔女《まじょ》なんかじゃない。けど、プタなんだからね！　PUTA《ピーユーティーエー》だよ！　どうせ、知らないだろうけど！」

「ばか言うな」クサレガスが言い返した。「ウィリー、こいつに火をつけてやろうか」

クサレガスはライターを手にしていた。黄色い炎《ほのお》がボッと二、三センチ伸《の》びる。

「もしこいつが魔女《まじょ》なら、やけどしないもんな」

あたしは初めて悲鳴をあげた。何度も、何度も。でも、電車はゴトゴト、ガタガタ大きな音を立てながら、トンネルをとおっているところだった。あたしは目をつぶって、めちゃくちゃに暴れた。こげくさいにおいがする。髪の毛が焼けている。

「静かにしろ、ばか」ウィリーの声がした。

目を開けると、灰色の目とぬめぬめした口が目の前にあった。ウィリーは髪の毛をはなすと、今度はあたしの両腕をつかんでむりやりにひろげ、椅子《いす》の背におしつけた。肩が痛い。ウィリーは座席にひざをついて、あたしの足を自分の足でおさえつける。ウィリーのうしろで丸ブーとクサレガスが、意地の悪い目でにらんでいるのが見える。もし、ふたりのうちのどっちかがナイフを持っていたら！

あたしはふいに冷静になった。どうすればいいかはわかっていた。たったひとつ、あたしにできることがある。そんなことをしたって、だめかもしれない。でも、あとひとつ駅に止まれば、次はあたしのおりる駅だ。あと四、五分で（ウィリーたちがおろしてくれないで、電車に閉じこめられたままにされるかも、なんていうことは、あとになるまで思いつかなかった）。

あたしは口を開いた。

「プタの人たちのこと、知らないの？　もちろん、魔法使《まほうつか》いや魔女《まじょ》なんかじゃないよ。けど、とっても特別な人たちなんだ。教えてあげられないけどね。重大な秘密だから。けど、はなしてくれたら、教えてやってもいい」

あたしはまっすぐに、ウィリーの灰色の目をにらんだ。こわくはなかった。というより、こわくないぞ、と自分に言い聞かせていた。そして、最初にまばたきしたのはウィリーのほうだった。腕をはなしてはくれなかったけれど、少しにぎる力が弱くなった。

秘密めいた、できるだけこわい声をだして、あたしはゆっくりと話した。

「プタっていうのは、世界じゅうのすべての権力を手にしている人たちなんだよ。首相《しゅしょう》や大統領《だいとうりょう》だけじゃない。宇宙飛行士にも、スパイにも、すごい科学者たちの中にもプタはいる。ほんとうにだいじなできごとをおこす人たちなんだよ。ブタが隣《となり》に住んでいたって、たいていの人は気がつかない。ブタたちがぜったいに秘密にしているから。反対に、ブタたちのほうは、だれのこともよく知っている。もし、仲間のだれかや、仲間の家族が傷つけられるようなことがあったら、ブタたちはやったやつをつかまえて……」

電車はやっとトンネルをでたと思ったら、次の駅に止まらずに、すごい勢いでとおりすぎ、またトンネルのやみにはいった。こういう時間にはよくあることだった。あとたった二分半であたしのおりる駅につく。電車がトンネルの中で止まりさえしなければ。ケーブルが百年前のもので、しょっちゅう修理しているから、ときどきそういうことがおこった。

ウィリーは、なんだかとまどったような顔をしていた。次にどうしたらいいか、わからなくなっているような。

丸ブーが言った。

「でたらめ言うな（ほんとうは「でたらめ」よりもっと悪い言葉を使ったんだけど、ちょっとここには書けない）。じゃ、ウィリー。おまえのおやじもブタだってわけだよな」

ウィリーはあたしの足からひざをおろしていた。両足がじーんとしびれている。両腕も自由になったけれど、あたしは伸《の》ばしたりこすったりはしなかった。ウィリーはまだ、あたしが自由になったのに気づいていないかもしれないから。

電車が速度をゆるめた。あたしのおりる駅は、近くに大きなショッピングセンターがあるので、いつも混雑している。ドアが開いたとたんに、二十人くらいの女の人とたくさんの黄色いビニール袋で、たちまちドアのあたりはいっぱいになった。

あたしは、その人たちをかきわけておりなければならなかった。ウィリーたちは、あたしを止めようとしなかった。でも、ホームの階段を半分ほどあがったところでふり返ると、階段の下にやつらがいるのが見えた。クサレガスはいなかったけれど、丸ブーの顔が赤い風船みたいにぴょこぴょこ動いていて、ウィリーが何か大声《おおごえ》で叫《さけ》んでいる。

停車中の電車に飛び乗ろうとする人たちが、どやどやと階段を駆《か》けおりてくる。「おい、前を見て歩けよ！」と、あたしは男の人に叱《しか》られた。そのとき、犬のほえる声が聞こえた。

ブリッジの端《はし》に、プタが迎《むか》えにきてくれている。サリーとアンバーと雑種のウィルキンズを連れて。プタはいつもの黒いウールのワンピースに、あのブローチをつけていた。髪の毛を、講義に行くときにいつもするように、ゆいあげている。そのせいで、プタはいつもよりずっと

背が高く、誇《ほこ》り高く、厳《きび》しく見えた。ちっともへんてこなんかじゃない、とあたしはふいに思った。それどころか、女王さまか公爵夫人《こうしゃくふじん》みたいだよ……。

「早く帰ったから、このおじいさんたちをちょっと走らせるといいと思ってね」

そう言ってから、プタはしげしげとあたしをながめた。

「キャットちゃん、どうしたの？　え？」

プタはめったにあたしを「ちゃん」づけで呼ばない。そう呼ばれたとたんに、涙がこみあげてきた。あたしはふり返って、あとを追ってブリッジをわたってきたウィリーを指さした。丸ブーはどこにも見あたらない。

「電車の中まで、ずっと追いかけてきたの。あの子と仲間が。あたしのこと、からかったの」

ほんとうは、からかったどころではすまない。でも、そのときにはほかに言葉が見つからなかった。三びきの犬は、代わりばんこに跳《と》びあがるし、クンクン鳴いてあたしの顔をなめるし……もうぜったいにだいじょうぶ、だからこれ以上なんでもないのに騒《さわ》ぎたくなかった。それに、ウィリーはあたしのカバンを持ってきてくれていた。

「キャット、忘れてったよ」

そう言ってから、ウィリーはまるで別人みたいな顔でプタにほほえみかけた。電車の中で、あたしをおさえつけていたウィリーとは違う。骨ばった鼻の両脇《りょうわき》にある灰色のひとみは、楽しそうにきらっと光っていた。にっこり笑ってるせいで、下唇《したくちびる》もいつもみたいにでれっとたれていないから、ふくらんだ唇《くちびる》までなんだかやさしそうに見えた。ウィリーはプタに向かって言った。

「キャットが、宿題ができないと困ると思って」

「みんなであたしに火をつけようとしたんだよ。髪の毛に」

「ぼくじゃないよ。それに、ふざけてただけじゃないか。でも、あんなことしちゃいけないよね」

あたしのカバンを持ったまま、ウィリーは言った。

あたしはカバンを受け取った。プタが「キャット、ほら」と言ったので、小さな声で「ありがとう」と言った。

「ううん。たいしたことじゃないから」と言って、ウィリーは、いちばん近くにいる雑種のウィルキンズをなでようと、手をのばした。ウィルキンズが歯をむきだしてうなったので、ウィリーはあわてて手を引っこめた。

プタはウィリーを、それからあたしを、またウィリーをと、じっと見ていた。

「何がおこったかわたしにはわからないし、キャットが言わない以上、想像でものは言わないことにしましょう」とプタは言った。「でも、あんたにひとつだけ言っておく。もし、うちの孫娘をいじめたら、警察や、あんたの親や先生に報告するだけじゃすまないよ。このわたしが、ぐうの音《ね》もでないくらい痛めつけてやるからね」

こんなふうに書いてみると、おどかしているんじゃなくて、まるでふざけているみたいだよね。でも、プタは冗談《じょうだん》で言ってるんじゃないぞと言うように、断固として、氷のような冷たさでウィリーをおどしていた。

あたしは背筋がぞくぞくっとした。

ウィリーの顔から、さっと血《ち》の気《け》が引いた。よくいう「シーツのように白くなった顔」を、あたしは生まれて初めて見た。

ウィリーはくるっとうしろを向くと駆《か》けだした。プタは顔をしかめ、小声《こごえ》で何かつぶやいた。あたしが「何?」ときくと、プタはただ首を横にふった。たいしたことじゃないよ、いや、たいしたことでもキャットに言う気はないね、というしるしに。

プタは犬に「おいで」と言った。それから、ほんとうに何年かぶりにあたしと手をつないで

くれた。車の行ききの激しい道をひとりで横断できるようになってからは、こんなことをして
くれたことはない。そのまま、うちにつくまでずっと、プタはあたしの手をぎゅっとにぎって
いてくれた。

4　毛耳

次の日、ウィリーは学校にこなかった。あたしは、ほっとしたような、ほっとしないような。だって、ウィリーが次にどういう手を使ってくるか、知っておく必要があったから。なんとかしてそれを探りあてて、きちんとおしまいにしなければいけない。

運よく、ロージーとトムが治って、またいっしょに学校に行けるようになった。ロージーのほうは、とっくみ合いになったら役に立たないけれど、すごいことをずばずば言えるから、口げんかだったら負けるはずはない。男の子相手だったら、そっちのほうが効果てきめんだもんね。

学校へ行く電車の中で、あたしはトムに丸ブーの話をした。トムは丸ブーと同じクラスだから。トムは、心配するなと言った。

「あいつがいじめる相手は、年下にきまってるんだ。キャットをいじめたらしょうちしない

ぞって言ってやる。そしたらビビるさ！」

ずいぶん自信たっぷりな口をたたいているけれど、インフルエンザのあとだからトムはひどい顔をしていた。目の周りは赤いし、まだせきもでている。あたしのためにけんかしたりしないでよと言ったら、トムは急に怒りだした。

「うるさく言うな。母ちゃんでもないくせに」

それっきり、トムは学校につくまで口をきいてくれなかった。

ウィリーは朝の集会にもでていなかった。一、二時間めも欠席。歯医者に行くとかで午前中だけお休みする許可をもらったんだ、と思うことにした。

授業中に、とうとう教室のドアが開いた。あたしの胃は、エレベーターや飛行機に乗ったときみたいにギュッとちぢんだ。でも、はいってきたのは歯医者に寄って遅刻《ちこく》をしたウィリーではなく、教務の先生だった。

「カトリアオーナ・ブルックさん。校長先生が校長室で話をしたいとおっしゃってるのよ」と、教務の先生は言った。

教務の先生の、コツコツと音を立てる黒いハイヒールについて、せっせと廊下《ろうか》を歩きながら、あたしは〈毛耳〉に呼ばれた理由をあれこれ考えていた。

初めに考えたのは最悪なこと、プタがバイクから落ちて骨折して入院した、とか。次に考えたのは、十字路をわたるときに手をつないであげたよぼよぼのおじいさんが、制服からあたしの学校をつきとめて、百万ポンドをくれると言ってきた、とか。しまいには、大きらいな両親が永久《えいきゅう》に国をでていくことになったという、わくわくするようなすてきなできごとまで。（そんなこと、あるはずないよね。あたしの両親は、夜逃《よに》げするときに、わざわざ毛耳にまで知らせたりしない。だいたいプタにだって知らせないだろうから！）

校長室の前についたとたんにドアが開いて、男の人がぷりぷり怒りながらでてきた。とにかくすごい勢いだったので、そのまま男の人は教務の先生に激突《げきとつ》した。謝りはしたけれど、男の人はまるで先生をそのままたおして、顔を踏《ふ》んづけていってやればよかったという顔をしている。ましてあたしのことなんか、ほうきではきだすか、もっとかんたんに殺虫剤《さっちゅうざい》でシュッと殺せるハエやゴキブリみたいに思っているに違いない。

その人は、背が高くてキツネのような細い顔をしていた。だれかに似ていたけれど、教務の先生がドアをノックしてからあたしを前にだして、「先にはいりなさい」と言ったので、思いだしているひまはなかった。

毛耳の頭には毛が一本もはえていない。ほんとうにたったの一本も、ちょろりとした産毛《うぶげ》だって見あたらない。顔のほうも、赤んぼうみたいに真ん丸で、ピンクで、つるんとしている。毛耳の毛のはえる遺伝子はみんな、大きな、ぱたぱたしている両耳に集合していた。どっちの耳にも、長い毛がびっしり、ふさふさとはえているから、まるで顔の両側から、毛のかたいブラシが一本ずつはえてるみたいに見える。

中学校に入学したとき、ロージーとあたしは毛耳の顔を見るたびに、吹きださずにはいられなかった。でも、初めての学期が終わるそのころには、もう前ほどはへんな感じはしなくなっていた。ふつうになったとは、とても言えないけれど。

その日だって、あたしは毛耳の耳はほとんど見ていなかった。毛耳がにっこり笑いかけてきたけれど、なんだか心配そうなにっこりだったから、あたしはこわくなった。やっぱり、プタが事故にあったんだ。ほら、そんなこと思ったからほんとうになっちゃったじゃない!

「カトリアオーナ君、まあ、お座りなさい」と毛耳は言った。「授業の途中《とちゅう》で呼びだして悪かったね。でも、ウィリアム・グリーン君のことで、話があってね」

ウィリアム・グリーンってだれよ？

「君のクラスの生徒だよ。ウィリーって呼んでるのかな？　それともビルかい？」

かんかんに怒っていたキツネ顔がだれに似ているか、やっとわかった！

「ウィリーです」とあたしは答えた。「クラスでは、そう呼んでます。グリーンって名字は知りませんでした」

「ウィリアム君のお父さんが、今までここでわたしと話していたんだ。ウィリアム君のお父さんは、当校の理事のひとりであるサー（注）・アーチボルド・ウェリントン・プランケット・グリーンなんだよ」

あたしは何も言わなかった。何も言うことがなかったから。利口《りこう》で、思慮深《しりょぶか》い子に見えるといいな……と、思っていたのはそれだけ。

「サー・アーチボルドがおっしゃるには、きのう、ウィリアム君は友だちふたりといっしょに、君と同じ電車に乗り合わせて、そこで何かもめごとがあったようだね。もちろん、サー・アーチボルドが聞いていらっしゃるのは、息子さんの話だけだ。だから、カトリアオーナ君、君の話も聞きたいと思ってね」

いったいどういう意味？　わけがわからなくて、あたしはぽかんとしてしまった。

「もし、わたしよりモーガン先生に話したいなら、昼休みに声をかけるように、先生に頼《たの》んでおこうかね？」

モーガン先生というのは、ロージーとあたしが〈知恵の光〉というあだ名をつけた先生のことだ。よかった、この先生の名字だけは知ってたよ！　モーガン先生は国語を教えているだけでなく、あたしたちのクラスの担任もしていた。

「あたし、ウィリーが何を言ったのか知らないんです。そうでしょ？　あの子たち、あたしを電車の中まで追いかけてきたんです。ウィリーと仲間が」

「それで、君をからかった。そうだね？　どうして、からかわれたんだと思う、カトリアオーナ君？」

「わかりません。ただやりたくてそういうことやるんです、あの子たち」

「あの子たちを、あだ名で呼んだことはなかったかね」

毛耳は怒っているというより、おもしろがっているようだった。

「ただからかったんじゃありません。からかったのとは、ぜんぜん違うと思うんだけど。から

（注）サー…準男爵、または、社会に貢献して「ナイト」の称号を与えられた人につける敬称。

かうって、あんまり危険なことに聞こえないから。だって、あの子たち、ライターであたしの髪の毛を焼こうとしたんですよ」

毛耳は、あたしを怒らせてはいけないとでも思っているように、ばかにやさしい声できいた。

「それで、君はあの子たちをどんなあだ名で呼んだんだね？」

えーっ、言えるはずないでしょ！　鼻くそとか！　クサレガスとか！

「カトリアオーナ君、あだ名っていうのは、人を傷つけることもあるんだよ。特にまだ若くて、自分に自信が持てない年齢の子どもたちは、とても傷つくんだ」

あたしはうなずいた。毛耳は誤解している。でも、どうしたらいいのか、あたしにはわからなかった。

毛耳はため息をついた。

「ウィリアム君はたいへん傷ついているそうだ。とっても繊細《せんさい》な子だからと、お父さんはおっしゃってたよ。カトリアオーナ君、君が電車をおりたとき、どんなことがおこったか、正確に覚えているかね」

「ウィリーは、走ってあたしを追いかけてきました」あたしは、うっかりつづけた。「それから、丸ブーも」

「そうか」

毛耳はさっきから、鉛筆立《えんぴつた》てから鉛筆《えんぴつ》を一本取って、紙きれにくしゃくしゃと何やら書いていた。それから、鉛筆《えんぴつ》を放りだして、あたしの顔を見た。

「丸ブー君のことは、ひとまず置いておこう。でも、君ももう大きいんだから、人が気にしている身体的な特徴についてからかうのは残酷《ざんこく》だということくらい、知っていると思うがね」

毛耳がそう思うのもむりないよね！ぴかぴか光る頭をあたしがじっと見つめたので、毛耳はちょっと神経質そうに、片手で頭をつるりとなでた。まるで、あたしが何を思っているか、気がついたように。

「みんなが丸ブーって呼んでるんです。あたしだけじゃありません」

「ウィリアム君を、鼻くそと呼んだのも君かね？」

ふいにそうきかれたから、あたしは思わずくすくす笑ってしまった。鼻くそなんて下品《げひん》なあだ名を毛耳が口にだすなんて、おかしくてたまらなかった。それも、さも重大事件でもおこったみたいに、重々しい声で言うんだから。

あたしは自分のひざをじっと見つめた。フランス語の先生に〈歯の妖精《ようせい》〉というあだ名をつけたのは、笑うたびにぴかぴかの入れ歯がぎらっと光るからだ。でも、こういうあだ名はぜんぶロージーがこしらえた。ほんとうに、いじわるなあだ名だと思う。でも、ロージーのことを告げ口《つぐち》して、裏切り者になるわけにはいかない。

毛耳はまた、ため息をついた。

「どうして電車をおりた君をウィリアム君が追いかけてきたんだね？ お父さんは、君が通学カバンを忘れたからだと言ってらしたが」

あたしは口をとがらせて、ぶつぶつと言った。

「それって、ウィリーが言ったことですよ。あたしのおばあちゃんの前では、いい子ぶったりしちゃって」

「そうそう！ そうだよ、君のおばあさまのこともきかなくてはね」

毛耳はあたしの頭の上の空間をじっと見つめた。壁《かべ》の時計がチクタクいっているのが聞こえる。たっぷりと、よくひびく音だ。

「君のおばあさまが、ウィリアム君をおどかしたそうだね。息子は脅迫《きょうはく》された、とサー・アーチボルドは言っておられたが」

どう言えばいいのか、あたしにはまたわからなくなった。プタが言ったことをそのまま毛耳に言ったら、ばかみたいに聞こえる。

「ぐうの音《ね》もでないくらい痛めつけてやる」なんて、ふざけているみたいだもの。いくら、おばあちゃんの声は本気でした、なんて言っても。

「おばあちゃんは、あたしをいじめないでってウィリーに言っただけです」

「ウィリアム君が君の通学カバンを持って電車からおりたとき、おばあさまが迎《むか》えにきてることは知らなかったんじゃないか？　カトリアオーナ君、ウィリアム君は悪いことをしたと反省していた、そう思えないものかね？　君を追いかけてカバンをわたしたのは、謝罪のつもりだったんじゃないか？」

そんなことが信じられるくらいなら、なんだって信じられるよ！　おまけに、毛耳はあたしに「そうだ」と言わせたがっている。あたしに「自分のほうが悪かった」と言わせたいんだ！

「はい。鼻くそウィリーは、ほんとうに親切で、やさしくて、良い子です」とも。これって、いじめの一種じゃない？　人の髪の毛に火をつけるほど悪くなくても、ひどすぎるよ。だって、こんなふうに追いつめられたら、返事もできないじゃない！

プタがよく言っていることを、毛耳にも教えてやりたかった。悪いことをしたとき、ほんとうの卑劣《ひれつ》な理由を言う代わりに、都合のいい言いわけをする人には、こう言うんだって。

「汝《なんじ》の魂《たましい》に、そのへつらいの香油《こうゆ》を塗《ぬ》るなかれ」

でも、毛耳にそれを言う勇気はなかった。いくらシェイクスピアの引用でも。

しかたなく、あたしは言った。

「わからないんです、あたしには。そうでしょ？　どうして、あたしにわかるんですか？　ほんとうはどう思ってたかなんて、ウィリーの頭の中にはいってみなければ、わかんないじゃないですか？」

毛耳はあたしの顔をじっと見た。時計のチクタクいう音がまた聞こえだした。毛耳としゃべっているときもチクタクいっていたはずなのに、どうして聞こえなかったんだろう？　こんなに大きな音なのに。毛耳は言った。

「カトリアオーナ君、どうして君はそんなに腹を立てているのかね」

あたしはぽかんとしてしまった。それからいっきに言ってやった。

「だって、校長先生は、あたしのほうが悪いって言ってるんですよ。そんなの不公平だよ。先生はそこにいなかったじゃないですか。ウィリーのお父さんが学校にきて文句を言って、それでお父さんが学校の理事だからってだけで、そんなふうに言うんですか? あたしだって、もしショックだったというなら、悪かったと思ってます。ウィリーのお父さんがショックだったら、ということですけど。けど、知りもしないことを話すなんて、いけないと思います。お父さんだって、あの電車には乗ってなかったんだから」

長い沈黙《ちんもく》がつづいた。少なくともあたしにとっては長かったし、だんだんこわくもなってきた。でも、毛耳はきみょうな、悲しそうな顔をして、じっとあたしを見ている。

毛耳は突然せきばらいした。それから、一度机の上に放り投げた鉛筆《えんぴつ》を取って、指のあいだでくるくるまわしはじめた。

あたしではなく、鉛筆《えんぴつ》を見つめながら毛耳は言った。

「ウィリアム・グリーン君には、味方してくれるお父さんがいていいな、と君は思ってるんだね。そのことについては、君を気の毒だと思ってますよ、カトリアオーナ君。お父さんもお母さんも遠くにいらして、おばあさまに面倒《めんどう》をみてもらってるんだもの、君もたいへんだね。もちろん、その……、君のおばあさまはたいそうすぐれたお方だ。それでも君くらいの年齢の女の子を育てるには、ちょっと歳をとりすぎているな。君のそういう事情を、サー・アーチボルドに話そう。そうすれば、きっと理解……」

「理解するはずないよ。すっごく怒ってたもの」

「カトリアオーナ君、いらいらするな」

あたしが口をはさんだので、毛耳はむっとした。

でも、みんなとは違う家庭に暮《く》らすあたしを、大人たちが気の毒に思うのは、今に始まったことではない。あたしは今までに何度となく、そういうあわれみの言葉をがまんして聞かなければいけなかった。

ある日、ネットボールの授業のあと、体育の先生があたしだけを残した。初めての生理について、プタが話してくれたかどうかをきくために。まるで、プタがすごい年寄りだから、忘れたにきまっていると思ってるみたい！

そのあとしばらくして、生徒がどんな朝ごはんを食べているかを調査しに、栄養士が学校にやってきた。クラスの子が順番に、朝何を食べてきたか話した。あたしは、犬用のラスクを食べてきたと言った。犬用のラスクというのは、全粒粉《ぜんりゅうふん》の古くなったパンをオーブンでカリッと焼きあげたもの。これにバターとハチミツをたっぷりつけたり、半熟卵の黄身だけをのせて食べるのが、あたしは大好き。新しいパンやトーストよりずっとおいしい。でも、担任のモーガン先生はへんな顔をしてあたしを見た。

次の週、先生は作文の宿題をだした。〈わたしの大好きな食べ物〉という題で、いつも食べている物や、食べたい物について書きなさいという。お腹《なか》があんまりじょうぶじゃないロージーは「みんなあんたのせいよ」と責めたてた。プタにゴミみたいな物を食べさせられてると〈知恵の光〉に思わせたから、だって。

毛耳が言った。

「ウィリアム君は入院するんだ。副鼻腔炎《ふくびくうえん》という病気でね、鼻の手術をするんだよ。クリスマスまで学校にはこられない。そのあいだ君は、ウィリアム君につけた、残酷《ざんこく》なあだ名を忘れるように努力しなさい。そして、来学期にはもっと親切にするように心を入れ替えるんだ。それから、この不幸なできごとに巻きこまれたほかのふたりの生徒が何かやっかいごとをおこすようなことがあったら、すぐにモーガン先生に言うか、直接わたしのところにくるんだよ。そしたら、なんとかしてあげるから。わかったね、カトリアオーナ君」

お腹《なか》の中は煮《に》えくりかえっていた。でも、顔を引きつらせたまま、棒みたいに直立して、あたしはこんなふうに答えてしまった。

「はい、校長先生、わかりました」


それから三日後、トムは丸ブーをたたきのめした。トムもなぐり返された。ふたりのクラスの担任は、マックルベリー先生という、やせこけたおじいさんだった。あんまり変わった名字なので、さすがのロージーも、まだいいあだ名を思いつけないでいた。マックルベリー先生は、運動場でけんかしたという理由で両方にバツ印をつけてから、ふたりを洗面所に行かせ、泥《どろ》を洗わせた。

クサレガスは、あたしに近寄ってこようとはしなかった。一度か二度は見かけたけれど、あたしの姿を見るとすうっと消えてしまう。

「ウィリーがいないと、悪いことできないのよ」とロージーは言った。「ウィリーが帰ってきても、もう仲間にはならないいんじゃないの。そのうちに、忘れちゃうわ。だからキャット、目を合わせちゃだめよ。だいたい、あんたがウィリーの顔を見たから、あんなことがおきたんでしょ」

クリスマス休暇《きゅうか》がきた。プタは医学生をふたり留守番に呼んで、犬と猫《ねこ》の世話を頼《たの》んでから、あたしとふたりでギリシャへでかけた。

山あいの村に、プタが何年も前に買った古い家がある。プタが死んだら、この家はあたしがもらうことになっていた。セントラルヒーティングのあるような家ではないけれど、厚さが一メートル以上もある石の壁《かべ》のおかげで、一度火をたくと家全体が暖まり、それからもずっと暖かいままでいる。

あたしたちはクリスマスツリーは飾《かざ》らなかった。プタは、ギリシャでは木は地面に植えておかなければいけないものなの、と言う。せっかくはえているのを掘りだして、あとで役に立たない材木みたいに捨てたりするのはよくないんだって。

プタはあたしに、ギリシャ神話の厚い本と、きれいな、黒いベルベットのミニスカートと白いカシミアのセーターをプレゼントしてくれた。あたしは猫《ねこ》の詩を集めた詩集と、五年間使える赤い革表紙《かわびょうし》の日記帳を、プタにあげた。少なくともあたしが十七歳になるまでは、元気で長生きしてもらいたいから。それから、ふたりして山道を長いこと散歩したり、タヴェルナ（注）で食事したり、暖炉《だんろ》の前に座ってトランプでベジークをしたりした。

ある日、晩ごはんのあと、あたしは毛耳のことと、ウィリーについて毛耳が言ったことを、プタに話してもいいかなと思った。まず、こうきりだしてみた。

「ねえ、前に駅でプタが叱《しか》った男の子のこと、覚えてる？」

あたしがほんとうに言いたかったのは、頭の中でいつもウィリーの言っていた悪口が聞こえているんだよ、ということ。「汚《きたな》い、老いぼれ魔女《まじょ》」というような。プタはケラケラ笑って、ばかなこと言いなさんなと言うだろう。でも、心の底で傷ついたりしたら……だから、プタが火をじっと見つめたまま、上《うわ》の空《そら》で頭をこっくりさせても、あたしはそれほど気を悪くしなかった。プタはあたしの言ったことが半分は聞こえていたけれど、一生懸命に何かを考えていたので、すぐには返事ができなかったようだ。もしかしたら、まったく聞こえてなかったのかもしれない。風が家の周りをビュウビュウ吹きまくっていたから。それに、プタは少し耳が遠かった。

突然、プタはこんなことを言いだした。

「キャット、うちにいたほうがよかった？　あんたのような年ごろの子は、クリスマスには友だちといたほうがいいものね。楽しいことがいろいろあるから。パーティーに行ったりさ。こんなギリシャの凍《こお》りついたような山の中で、わたしみたいなしわくちゃばあさんといっしょにいるより」

「しわくちゃじゃないよ、シワプタだよ」

でも、プタは笑わない。真剣《しんけん》な顔をしている。だから、あたしはつづけた。

「あたし、アシッド・ハウス（注）に遊びに行くには、まだ若すぎるんじゃないかな。それに、ロージーやトムのほかにあんまり友だちはいないの。いっしょに遊びたいような友だちは、ってことだけど」

プタはため息をつくと、強いにおいのタバコに火をつけて、けむりに目を細めた。まだ、あたしの顔を見ようとはしない。

「このギリシャの別荘《べっそう》をくれたら、なんでもあげるっていう人もいっぱいいるんじゃないかな。海だってあるし太陽は照ってるし、水泳もできるんだもん」とあたしが言うと、プタはけむりでいぶしたようなしゃがれ声《ごえ》で言った。

（注）タヴェルナ…イタリア語で大衆食堂のこと。ギリシャ料理の店のことをさすときもある。
（注）アシッド・ハウス…80年代後半に若者のあいだで流行したディスコ。

「まあ、夏はいいと思うけどね」

「どうかしたの？ 何か悪いものでも食べたんじゃない？」

プタはにこりともしない。返事もしない。

「あたしはここにいるのが大好きなの。プタとあたしのふたりっきりでいるのが。わかった？」

これはほんとうとはいえない。プタといるのも、ふたりっきりでいるのも好き、ここのところはほんとうだった。でも、わざわざ冬のギリシャにきてよかったことといえば、プタが頭のおかしな患者《かんじゃ》さんにつかまらないですむということ。ギリシャにいれば電話もかけてこないし、たずねてもこない。お年寄りの患者《かんじゃ》さんたちは長い休みのときには特にさびしくなるらしく、よく電話をかけてきたり、うちにきたりする。

去年のクリスマスも、ちょうどお昼にふたりでごちそうを食べようと思っていたときに、フロッシーおばあちゃんが玄関《げんかん》にひょっこり現れた。たぶん、何十年も前にだれかがゴミ箱に捨てたらしいパーティードレスのようなものを着ておめかしして。ピンクのサテンのブラウスに、サテンのぴっちりしたミニスカートをはいているので、やわらかくて、ぷよぷよした、真っ白いひざが丸見え。足首には黒いソックスがずり落ちていた。おめでたい晴れ着を着る前に、フロッシーおばあちゃんは体を洗わなかったらしく、脇《わき》の下からただよってくるにおいが、ガチョウの丸焼きのいいにおいを台なしにしてしまった。

でも、帰っていくときに、フロッシーおばあちゃんは「本日はお招きくださいまして、ほんとうにありがとうございました」と、とてもていねいにあいさつをして、にっこりと笑みまで浮かべた。あたしは、びっくりした。帰ったあと、あたしはプタに言った。

「ここ何年かのあいだにフロッシーおばあちゃんの口の中を見たの、あたしたちが初めてじゃない？ あの人、歯医者になんか行きっこないもんね」

いつもなら、プタはこういうばかみたいな冗談《じょうだん》がけっこう好きだった。そういうふつうの大人じゃないみたいなところがあるから、プタといっしょにいるとおもしろい。でも、このときのプタは、ちょっとほほえんだだけで、さっと横を向いた。あたしは、プタの目に涙が浮かんでいるのを見てしまった。あたしにだって、フロッシーおばあちゃんがパーティーみたいなかっこうで現れたのは、おかしいけれど悲しいことだというのはわかっていた。でも、初めて見たプタの涙に、あたしはうろたえてしまった。

あたしは、はっとした。もしかして、クリスマスにギリシャにくるのを決めたのも、そのせいなの？　フロッシーおばあちゃんとか、ウィルバーフォース・フリスビーさんとか、そのほかの歓迎《かんげい》はできないけれど、うちに入れないわけにはいかないお客さまが、もしクリスマスのごちそうを食べようとしているときにきたら……そのことを心配したせいなの？

プタ自身は、こういう人たちをちっとも気にしていない。でも、歳をとった、おかしなお客さまたちが、あたしにとってたいくつだと思ったのかもしれない。

あたしは言ってみた。

「あたし、去年のクリスマスにフロッシーおばあちゃんがきたのがいやだったなんて、言わなかったでしょう？　あたしだって楽しかったもの。フロッシーおばあちゃん、あんなに喜んでくれたじゃない」

すると、プタはあたしの顔を見た。とても悲しそうな顔で。

「今年のクリスマスは、あんたの母親や父親のところへ行くべきだったね」

そのとき、ふいに気づいた。プタはいつもあの人を「あんたの母親」と言う。ぜったいに「わたしの娘」とは言わない。あたしは笑いだした。

「まさか、何言ってるのよ！　ぜったいにいやだよ。プタだって知ってるじゃない。第一、あのゲーッとなるようなアパート、あたしの寝る部屋もないんだから。こないだ行ったときは、床《ゆか》に寝たんだよ。窓のない、クローゼットみたいなとこでね。それに、あの人たち、あたしにきてもらいたいなんて思ってないもん」

「思っていても思ってなくても、じっさいにあの人たちがそう言ってきたんだよ」

プタは座り直し、急に背筋をきりっと伸《の》ばして、きびきびした口調で説明しはじめた。

「正確に言うとね、あんたの母親がキャットに話してくれって言ってきたの。一軒家《いっけんや》を買ったんだって。とうとう落ちついたのよ、ってあんたの母親は言ってた。だから、もちろんあんたにいっしょに住んでもらいたいって思ってるんだよ」

あたしは自分の耳が信じられなかった。プタは、いったい何を考えているんだろう？　プタのひとみはまばたきもせず、青い氷のように静かだ。

「行かないよ！　あたしがぜったいに行きたくないってことぐらい知ってるでしょう？　むりに行かせようとしたって、だめだからね。そしたら、あたし逃《に》げだして……」

そこで、あたしは気がついた。プタがやったことが、やっとあたしにもわかった。そうだよ！　そうだったんだよね。だいたいプタは、クリスマスイブの前の日になるまで、ギリシャに行く

なんて言わなかったもの。ずっと秘密にしておいて、あたしを喜ばせたかったんだと思ってい
たけれど、そうじゃなかった。ほんとうは、あわてて飛行機の切符《きっぷ》をとったんだ。あたしのお
母さんから、そして自分の娘から逃《に》げだすために。
あたしは立ちあがるなり、プタに駆《か》け寄って飛びついた。プタは両手をいっぱいにひろげて
あたしを受け止め、骨ばったひざの上でぎゅっとだきしめてくれた。あたしは、プタの肩に顔
をふせたまま言った。
「あたしたち、逃《に》げてきたんだよね? どうして、急にギリシャに行こうって決めたのかなって、
ずーっと思ってたんだ」
プタはあたしを、前にうしろにゆっくりと揺《ゆ》すってくれた。ああ、よかった、ほんとうによ
かった! ずるずる鼻をすすりながら、泣き笑いの顔であたしは言った。
「わかってたもん。プタがあたしをお母さんのところに行かせるわけないって」
すると、プタは喉《のど》の奥《おく》のほうで、へんな声をだした。それから、両手であたしの体をおしは
なしたので、あたしはひざからすべり落ちてしまい、プタの足もとにひざをついた。プタは細
長い、小枝の束のような両手であたしの顔をはさみ、あごを親指でなでる。指がざらざらして

いて痛かったけれど、あたしを好きだからやってくれているので、じっとがまんしていた。

「しんぼう強く待つことだねって、あんたの母親に言っておいたよ」とプタは言った。「わたしたちふたりに、考える時間をくれなきゃだめだよ、ともね」

5　プタの言いぶん

そのことについて、プタとあたしはギリシャでさんざん言い合った。ロンドン行きの飛行機の中でも。うちに帰ってからも。

プタの言いぶんは、こうだった。

「あんたの母親がそう思い立ったということは、キャットにとっていちばんいいことをしてやりたいと思ったたから。それだけはたしかだよ。新しい家ができたのがうれしくて、今すぐにでもキャットに見てもらいたいんだよ。あんたの母親は、いつだって気が早いからねえ。でも、キャット。あんたもそうとう気が短いねえ」

こうも言った。

「もちろん。キャットのことが大好きにきまってる。母親だって父親だって、とってもかわい

いと思ってるよ。でも、夫婦とも役者だと、なかなか子どもの面倒《めんどう》をみられないの。特に舞台《ぶたい》俳優《はいゆう》はね。毎晩のようにでかけなきゃならないし、しょっちゅう地方公演に行っているし。でも、今はふたりで同じテレビの仕事をしているから、ずっとらくなはずだよ。リハーサルや録画は昼のうちにすませて、夜はうちにいられるから」

それから「去年、あのふたりがキャットの誕生日を忘れてたこと？　覚えてるよ」

そして「ああ、去年のクリスマスに送ってきたセーターが、二サイズ小さかったことも覚えてる」

そのあと「カトリアオーナ、だれにでもやり直す機会ってものをあげなきゃね」

あたしの言いぶんはこう。

「あたしのこと、わざとらしくカトリアオーナなんて呼ばないでよ」

それから「去年だけのことじゃないったら」

そして「なんで、急にあの人たちの肩を持つようになったわけ？」

こうも言った。「わかった。プタはあたしがじゃまになったんでしょ」

それから「ふーん。あたしのこと、じゃまだなんて思ってないって言うんだ。そんなこと言っても、汚《きたな》い、いやらしい裏切り者になるだけだよ」

しまいには、学期なかばの短い休暇《きゅうか》のあいだ、一週間だけなら泊まりに行ってもいいよ、とあたしは言ってしまった。きっちり一週間、それもあたしが気に入るかどうかたしかめるためにだけ、って。行きも帰りも電車。ぜったいにひとりだけで、とも。お母さんやお父さんが、プタにこっそり電話をかけるのをやめさせることはできない。でも、三人が束になって、それも顔と顔をつき合わせてあたしのことを相談するなんて、考えただけでぞっとする。お母さんやお父さんには、たぶん一週間でも長すぎるだろう。あたしみたいな子が行ったら、早く追いだしたくなるにきまっている。

「あたしを呼んだのを、ふたりともすぐに後悔《こうかい》するよ」

プタは返事をしなかった。あたしの良心にうったえてはみたものの、まったく効果がなかった、と思っているらしい。そこで、プタは汚《きたな》い、ずるい手を使ってきた。

まず、プタはちょっとのあいだ、わざとらしくだまっていた。あーあ、幼稚《ようち》でわけのわからんあんたに、言って聞かせようとしたこっちがばかでした、と言っているつもりらしい。それから、プタはあたしに、写真の整理を手伝ってくれと言いだした。

食事をする部屋に置いてあるプタの机の引きだしには、整理してない写真がごちゃごちゃはいっている。ポーランドから持ってきた写真を見せると、いつもあたしが大喜びするのを、プタは知っていた。どの写真も色あせて茶色くなり、ふちが反《そ》り返っていたけれど。プタも写真を見ながら、ずっと昔のご先祖さまの話をしてくれるのが好きだった。

でも、そのときのプタは、まったく違うことをたくらんでいたのだった。

まず、お母さんが赤ちゃんだったころの写真が、何枚かでてきた。ぽちゃぽちゃ太った赤ちゃんが、そこらの赤ちゃんと同じように乳母車《うばぐるま》に乗っている写真。

でも、大部分の写真は、とてもそこらの赤ちゃんや子どもと同じ写真とはいえなかった。小さいときのから大きくなったのまで、どれもこれも衣装をつけて何かに化けている写真ばかり。チョウチョウとか、雪の精とか、日本の着物を着て、細い、ずんどうのウエストに幅広《はばひろ》い帯を巻いたのとか。大人ものの長い絹《きぬ》のドレスを着て、大きすぎるハイヒールをはいたのも何枚かあった。

「あんたの母親って、生まれながらの役者だね。ほらこれ、わたしのドレスを着て、ハイヒールをはいているの。これで四つだなんて、信じられる？」

あたしは写真ではなく、プタの顔をにらみつけた。

「プタのドレスだって？　うそつかないでよ！　ハイヒールだって、今まで一度もはいたことないくせに」

「これは、ずいぶん昔の写真なんだよ」

そう言ってから、プタは八つか九つのころのお母さんの写真を取りだした。白いネグリジェを着て、頭に青いハンカチを巻いている。聖母マリアの役だ。うしろにヨセフが立っていて、ふたりの前に人形をのせた籐《とう》のゆりかごが置いてある。ヨセフはぶすっとしているけれど、お母さんはカメラに向かって、いやらしい作り笑いを浮かべている。さあみんな、拍手《はくしゅ》するのよ、それから「まあ、かわいらしい！」って叫《さけ》んでね、というようなおしつけがましい顔で。

「オエーッ！」とあたしは言ってやった。

プタはあわててほかの写真を探しはじめた。次にお宝の山から掘りだした恐怖《きょうふ》の一枚は、十歳か十一歳のころの写真。えりからすそまでフリルでうめつくした、ぞっとするようなワンピースを着て、白いハイソックスに黒いエナメルの靴《くつ》をはいている。

「キャット、これちょっとあんたに似てない？　ほら、目のあたりなんか……」

あたしはうめいた。

「ひとりでしみじみしないでよ！　今度はなんに化けてるわけ？」

プタは笑いだした。そして、答えるまでもないばかなことをきく子だね、と思っているようなふりをした。

「これは自分のパーティードレスなの。パーティーに行くところ」

「あーらま、失礼！　ぜーんぜんわかんなかった。フットボールをやりに行くとこだと思ったよ！」と、あたしは言ってやった。


こんなふうに、なんとかあたしにお母さんを好きになってもらおうと、プタがいろんな手を使って攻撃してくるものだから、あたしは毛耳や鼻くそウィリーの話をするひまがなかった。それに、ほんとうのことを言うと、毛耳やウィリーはもう、あたしの心の片すみでかすんでいた。ふたりとも、プタが昔ポーランドから持ってきた写真みたいに色あせて、遠いものになっていた。だから、冬休みが終わって今日から学校というその朝、プタがふいにウィリーのことを言いだしたので、あたしはびっくりしてしまった。ちょうど、あたしが玄関《げんかん》のドアからでようとしたときのことだった。

「ほら、あの男の子、なんて名前だっけ？　あの子がまた何かやったら、ぜったいにわたしに言いなさいよ」

プタのことをよく知らない人だったら、心にふっと浮かんだことを、ぽろりと口からだしただけと思うかもしれない。でも、プタは前もって考えていないことを口にだすようなたちではない。そういうところは、ちょっぴりロージーに似ている。プタがなにげない調子で言ったのは、あたしに心配しているところを見せたくなかったからだ。だから、あたしも調子よく答えておいた。

「ああ、あいつ？　鼻くそウィリーのことね。たしか、そういう名前だったと思うけど、すっかり忘れてたよ。あいつなら、もうなんにもしない。だいじょうぶだよ」

その朝は、太陽がまぶしく輝《かがや》いていて、凍《い》てつくように寒かった。水たまりの水がカリカリに凍《こお》って、寒さで耳がじんじん鳴るような朝。ロージーとトムとあたしは、早めにうちをでた。

あたしは二日前にギリシャから帰ってきたばかりだったから、しゃべりたいこともききたいことも山ほどあった。お休みのあいだに何をしていたかとか、そういうこと。でも、ここのところは書かなくてもいいよね。あとでおこることと、ぜんぜん関係ないから（お話を書くときは、どういうところをはぶくか、ちゃんと考えておかなきゃだめなの。ある朝おこったことを書くときに、自分がどういう服を着てたとか、歯磨《はみが》きに何分かかったとか、朝ごはんに何を食べたとか、おばあちゃんになんて言ったとか……そういうことをぜんぶ書いてたらどうなる？毎日の暮《く》らしと同じだけの長さになるから、だれもそんなもの読むひまないでしょ）。

そのかわり、ここでロージーとトムのことをちょっと説明しておこうと思う。今まで、ちゃんと書いておかなかったからね。

ロージーはあたしより背が高くて、ずっとかわいい。茶色い目に長いまつげがはえてて、髪も茶色がかったきれいな金髪《きんぱつ》で、ちょっとちぢれている。それに、いつもまじめくさった顔をしている。ああ、人生って謎《なぞ》だわね、なんて悩《なや》んでいるみたいに。

トムはお兄さんなのに、背はロージーと同じくらいしかない。トムのお母さんは、大きくなったらお父さんと同じくらい背が高くなるわ、といつも言っている。足がすごく大きいから、だって。でも今は、その大足のせいでトムはかなり笑える。まるで、ナナフシが靴《くつ》をはいてるみたいだ。だからといって、トムをいじめたりする子はひとりもいなかった。

トムはロージーと同じくらい口が達者《たっしゃ》だし、けんかだって強いけれど、いじめられないのはそのせいじゃない。みんなトムのことが大好きだから、いじめたりできないのだ。トムは怒ってもすぐにきげんを直して、ほんとうにうれしそうな笑顔になる。それから、自分がかんしゃくをおこしたのがおかしくて笑いだすから、みんなもついついつられて笑ってしまう。

原っぱを横切っているとき、あたしは鼻くそウィリーのことが気になりはじめた。あと二十分したら、朝礼で顔を合わせることになる。べつに楽しみにしていたわけではないけれど、こわかったわけでもない。

この学期はウィリーがあたしにちょっかいをださないといいけど、というようなことを、あたしはついついつぶやいてしまった。というより、考えていることが口にでて、ひとりごとを言ってしまったわけ。

そのときのあたしが、トムとロージーになんて返事してもらいたかったのか、今でもわからない。覚えているのはロージーの返事を聞いて、口をあんぐり開けてしまったことだけ。あた

しは、ガーンとショックを受けて、ぺしゃんこになってしまった。

ロージーの返事はこうだった。

「あのね、キャットがお父さんやお母さんといっしょに住んで、別の学校に行くようになれば、ウィリーだっていじめることできないわよ」

もし、こんなことを言ったのがあたしだったら、冗談《じょうだん》、冗談《じょうだん》、ブタの言う〈絞首台《こうしゅだい》のユーモア〉だよ……でおしまいになっちゃうかもしれない。でも、ロージーの場合は違った。もしトムが言ったのなら、あたしはトムをぶっただろう。でも、もしロージーをぶったら? ロージーは殉教者《じゅんきょうしゃ》みたいに悲しい顔をするにきまっている。だから、お腹《なか》の中は煮《に》えくりかえっていたけれど、あたしはあわれな声でこう言っただけだった。

「ロージーは、あたしがいなくなったほうがいいって思ってるみたいだね。あんただけは親友だと思ってたのにな……」

トムが横から口をだした。

「キャット、ばか言うなよ。ロージーがそんなこと思うはずないって、おまえだってわかってるだろ?」

でも、あたしが考えていたのは別のことだった。

「けど、ロージー？ どうしてそのことを知ってるの？」

きいたとたんに、答えがわかった。

あたしたちがギリシャから帰ってきた日、ロージーのお母さんが晩ごはんに、と言って、キャセロールに料理を入れて持ってきてくれた。こういうことはよくある。わたしは料理が大好きだから、ちょっとよぶんに作るのはちっとも苦にならないの、とロージーのお母さんはいつも言っている。

あたしはロージーのお母さんが大好きだ。きてくれるのがわかっていたらうちにいたのに、あたしはロージーのお母さんが門からはいってくるちょっと前に、犬を三びき連れて散歩にでかけてしまっていた。ギリシャにいたあいだ散歩させてやらなかったので、うめあわせをするつもりだった（四ひきめはブーツという名前のパグ犬だけど、歳とって関節がかたくなってしまったので、もう散歩には連れていけない）。

だから、プタとロージーのお母さんには、あたしのお母さんが考えたたちの悪い計画について話し合う時間がたっぷりあったってわけ！

あたしは、くやしいのをがまんして言った。

「ロージーのお母さん、あたしが両親といっしょに暮《く》らすべきだって思ってるんだね。あんただって、そう思ってるんでしょ！　みんなでそんなこと話してたんだね！」

喉《のど》に石みたいなかたまりがつまって、痛くなった。あたしは早足で歩きだした。ほっぺたがぶるぶる揺《ゆ》れるくらい速く。

「急がないと、遅《おく》れるぞ」

あたしのうしろにいたトムも走りだした。

ロージーが追いつけないのはわかっていた。かけっこは苦手だから。トムのほうも、カバンや長いソーセージ型の手さげに、いらない物をどっさりつめてふくらませてきたので、重くて速く走れなかった。

トムは、いつも何を学校に持っていったらいいか決められなくて、役に立ちそうな物を何もかもつめこんでくる。新しいラグビーシューズに古いラグビーシューズ、今読んでいる本に読み終えたときのための新しい本、だれかがスパナを使うときのためのスパナ一式、瞬間接着《しゅんかんせっちゃく》剤《ざい》のチューブに接着剤《せっちゃくざい》はがしのチューブ、それにくわえて、自分がそのときだいじにしている物ぜんぶ。プタとあたしは、アテネから、美術館にあった馬の彫刻《ちょうこく》の美しいレプリカをトムに買ってきてあげた。トムはたしか電車の中で、その重いブロンズの馬をいじったり、なでたりして、ずっとさわっていたっけ。

そんなに重い荷物を持っていたくせに、運動場にあたしが飛びこんだとき、トムはすぐうしろにいた。

「肺が破裂《はれつ》しそう」と、トムは文句を言った。今にも死にそうに鼻を鳴らして、ぜいぜい息をしている。

あたしはやっと走るのをやめた。

「わかった、わかった！　トムが目の前で死ぬのは、あたしだって見たくないからね」

トムが、二、三歩よろよろ歩いてから宙をつかんで、目をむいて死ぬまねをしたので、あたしは笑いが止まらなくなった。すると、トムは言った。

「いいか、何かあったらすぐに教えろよ。おれがあいつにかたをつけてやるから。あいつよりおれのほうが年上だからな」

けど、強くはないよ。それに、汚《きたな》い手を使うこともできない、とあたしは思った。そのうえ、相手はウィリーだけじゃない。丸ブーもクサレガスもいる。

ロージーがやっと追いついてきて、真っ赤な顔で言った。

「キャット、わたしは思ってることを言っただけなのよ」

思ってることなら何を言ってもいいってわけ？　まるで、あたしを責めてるみたいな口ぶりじゃない。それでも、ロージーが悪かったと思っているのはわかった。じゃ、ひとつ説明しておこうか。

「ねえ、あんたの言い方って、ちょっと乱暴すぎない？　まるで『あーら、足にイボができたの？じゃ、その足、切っちゃえば』って言ってるみたい。どっちにしたって、あたしウィリーなんてこわがってないもん」

そのとおり、こわがってなんかいなかった。少なくともそのときは。

少しあと、教室へはいっていったとき、あたしは初めてびくっとした。もうウィリーはきていた。教室の向こうで、机の中をガサガサいじっている。クリスマス休暇《きゅうか》の前より、背が高くなって、やせたみたい。それに気がつく時間ぐらいはあった。長くて骨ばった鼻も、ますます長くなって骨ばってきている。そして、ウィリーが顔をあげてこっちを見たとたん、あたしはふいにくらくらっとめまいがした。

ウィリーは、あたしになんにもしなかった。ほんとうになんにも！ ただ、やけに長いあいだじっと立ったまま、きらきら光る、灰色のひとみであたしをしげしげと見ているだけだった。

あたしが覚えていたウィリーのひとみより、ずっと色が薄く、ずっと丸い。

それから、ウィリーは笑顔になった。気持ちよくほほえんだのでもなく、いやらしくにやっと笑ったのでもない。ずるそうに顔をゆがめて笑いながら（おれはおまえの知らないことを知ってるぞ。けど、教えてやらない）、と声にださずに言っている。そうやって、あたしを不安な気分にさせてから、ウィリーはまた机に戻ってガサガサしはじめた（何かを探していたわけじゃない。それはわかっていた。ただ「おれはおまえとは違うんだ。おまえのことなんか、かまってられるか」って言いたいだけなんだ）。

そんなふうにウィリーが、（おれはおまえの知らないことを知ってるぞ）という目つきでこっちを見たり、あたしが見ているのに気がついてにらみ返したりしてくるほかは、なんにもおこらなかった。その日も、その次の日も、その週の終わりまでも、その次の週も、次の次の週も……。

何もおこらなかった。

なんにもおこらなかった。

なーんにも。

なあーんにも…………。

6　フリスビーさんがきた朝

もしかして、あたしが大喜びだったたって思ってる？　でも、なんにもおこらない日がつづけばつづくほど、不安でいらいらしてくるものなんだよね。何がおこるのかなって、ますます心配になってくる。

夜ベッドにはいる前に必ず思うのもそのことだし、朝起きたらいちばんに心配になるのもそれ。そのあいだも、なんにも考えることがないときは、いつもそのことが気にかかっている（あたしは、その学期、試験でひどい点ばかりとった。いつもならいい点をとる国語や歴史まで）。なんにもおこらないのがこわいなんて、ロージーやトムにはとても言えなかった。あたしのプライドが許さないもの。プタには言えたかもしれないし、言っていたかもしれない。もし、ロージーがあんなショックなことさえ言わなければね。だって、もしプタに、まだウィリーが

こわいなんて言ったら、ロージーが口にしたようなことを考えはじめるかもしれない。あたしがなによりおそれていたのは、あたしが両親と暮《く》らさなければいけない理由をもうひとつ、ブタが考えつくことだった。

だから、あたしはただひとり恐怖《きょうふ》におびえていたのである……なんて書いておこうかな。でも、それじゃまるでお芝居《しばい》みたいだ。それに、どっちにしても、ウィリーがもしかしてやるかもしれないことより、学期なかばの休暇《きゅうか》にぜったいにおこることのほうが、よっぽどこわかった。その日は確実にやってくる！　あたしが重病になるか死ぬか、それとも両親が死ぬか、でなければ、ふたりがアメリカ映画にすばらしい役で出演することになって、次の飛行機でハリウッドに行かないかぎり。

そして、じっさいに問題がおこったのは、休暇《きゅうか》の前日だった。でも、そのときは、あとになってわかるほど、その事件が重要なことだとは思わなかった。なぜなら、そのあくる日に、あたしはぬくぬくした家と、四ひきの犬と、九ひきの猫《ねこ》と、ブタから引きさかれ、ロンドンのあっち側の「うち」で囚人《しゅうじん》としての日々を送ることになっていたから。

その朝、あたしは学校に遅刻《ちこく》してしまった。プタはロンドンで講義がある日だったから、とっくにでかけていた。それなのに、突然ウィルバーフォース・フリスビーさんがうちにやってきたのだった。

プタの患者《かんじゃ》さんの中でも、だれが見てもいちばんへんなのがフリスビーさん。いつも町の中で踊《おど》ったり、うたったり。それから、オーケストラの指揮をしているように腕をふりまわしたりしている。フリスビーさんは、病気になる前には指揮者をしていたという。それでも、フリスビーさんは、話しかけると、たいていきげんよく答えてくれた。ときおり、なんでもないのに突然笑ったりすることをのぞけば、ふつうの人とまったく変わらないように見えることもあった。

でも、その朝のフリスビーさんはふつうではなかった。あたしがドアを開けたとき、フリスビーさんはポーチにどっさり置いてある、欠けた植木鉢《うえきばち》のあいだにうずくまっていた。だれかがすみにはき寄せた、ぼろ布の山のように。あたしがかがみこむと、フリスビーさんは、えんとつをぬける風みたいなうめき声《ごえ》をあげた。

「フリスビーさん、おばあちゃんは留守ですよ。今日はくる日じゃないのよ。診察日《しんさつび》じゃないでしょ」

あたしはフリスビーさんの片手を取って、起こそうとした。もしも郵便配達や牛乳配達みたいな人がきて、フリスビーさんがこんなところに寝ているのを見たら、プタがちゃんと診《み》てあげないからよくならないんだ、と思うかもしれない。フリスビーさんの手は、骨ばっていて、かたくて、ぞっとするほど冷たかった。フリスビーさんは「ああ！」と声をあげると、手を引っこめて脇《わき》の下に入れ、いっそう小さく体をまるめてしまった。

もうさわらないからねと教えてあげるために、あたしは体を起こして立ちあがった。

「フリスビーさん、だいじょうぶ。あたし、カトリアオーナよ。もう、何度も会ってるよね。おばあちゃんの孫よ」

フリスビーさんは、がたがた、ぶるぶる震《ふる》えている。歯がガチガチ鳴るのまで聞こえた。

「中にはいりましょう。あったかいから。お茶をいれてあげるね」

フリスビーさんは、またすきま風みたいな悲しい声をあげて、タイル張りのポーチの上で足をもぞもぞしはじめた。急いで起きあがろうとしているらしい。

「台所に行って、やかんを火にかけてるからね」

玄関《げんかん》のドアも台所のドアも開けたまま台所に行き、ガスに火をつけて、やかんに水を入れた。やかんがシューシューいいはじめたとき、玄関《げんかん》にフリスビーさんがはいってくる音がした。いつものように軽い、踊《おど》るような足音ではなく、のろのろ、おずおずと足を引きずっている。

あたしは、テーブルの上にマグカップひとつと砂糖つぼとミルク入れを置き、バター皿と食パンをだした。厚切りを四枚切ってから、とがったナイフは台所の引きだしに戻しておいた。

「まさかのときのために」と、あたしがそっとひとりごとを言ったとき、フリスビーさんが台所におどおどとはいってきて、ドアのすぐ内側で立ち止まった。

フリスビーさんは危険人物には見えなかった。歳をとっていて、汚《よご》れていて、悲しそうに見えるだけ。髪の毛には葉っぱや小枝の切れっぱしがどっさりついていたし、服も汚《よご》れていた。熱いお風呂にはいらなきゃねと思ったけど、そんなことは口にだせなかった。

「あたし、すぐに学校に行かなきゃいけないの」

そう言ってお茶をいれ、お茶のポットをマグカップの脇《わき》に置いてから、あたしはテーブルをそろそろとまわった。フリスビーさんを驚かさないように、できるだけゆっくりと。フリスビーさんは、用心深く、じっとあたしを見守っている。長い、もつれた髪の毛のあいだから、目が光っている。あたしが何をしているのかわかると、フリスビーさんは、あたしの反対の方向によろよろとまわって、テーブルの向《む》こう端《はし》に座った。

「それでいいわ、フリスビーさん。さあ、朝ごはんをどうぞ。あたしのこと、こわがらなくていいのよ。傷つけたりしないから」

あたしは、台所のドアを半分開けたまま、玄関《げんかん》ホールにでた。フリスビーさんが囚人《しゅうじん》みたいに閉じこめられたと思うといけないから。玄関《げんかん》から走りでると、ちょうど門からロージーがはいってくるのに間に合った。

「あたし、遅刻《ちこく》するから先に行ってて。それと、お母さんにフリスビーさんがきていて、ちょっとようすがおかしいのって、言ってくれるかな？　いつもよりずっとおかしい、ってことだけど」

ロージーのお母さんは、すぐにはきてくれなかった。待っているあいだ、あたしは台所のテーブルのもう一方の端《はし》に座って、なんとかしてフリスビーさんを助けられないかなと、そればかり思っていた。こんなに悲しそうなフリスビーさんは見たことがない。お茶のカップを前にして、ワアワア声をあげて泣いているから、しわだらけの、生気《せいき》のない汚《よご》れた顔は、たちまち雨にぬれたみたいにびしょぬれになった。

「別のお医者さんがすぐにきて、助けてくれるから」とか、「おばあちゃんも、講義のあと図書館に寄ったりしなければ十二時までには帰ってくるよ」とか言い聞かせても、フリスビーさんはいっそう激しく、おいおい泣くばかりだった。

しまいに、あたしはじっと座って見ているのにうんざりしてきたし、お腹《なか》もすいてきた。そこで、フリスビーさんと自分のために、卵を二個ずつわって、目玉焼きを焼いた。目玉焼きを食べているあいだだけは、フリスビーさんも泣くわけにはいかないらしい。

ロージーのお母さんがきてくれたときには、フリスビーさんは最初ほどおびえてもいなければ、悲しそうでもなくなっていた。

ロージーのお母さんは、走ってきたので息を切らしていた。往診《おうしん》にでかけていて、たった今、ロージーが置いていったメモを見たところだという。お茶をいれようかと言うと、お母さんは、「いいから早く学校に行きなさい、おばあちゃんがロンドンから帰ってくるまで、フリスビーさんの面倒《めんどう》はみているから」と言ってくれた。十一時に手術がはいっているけれど、看護師さんがそのあいだ見ていてくれる、フリスビーさんもそんなにやっかいはかけないでしょうし、とも。

看護師さんのほうはだいじょうぶかもしれないけれど、フリスビーさんがどう思うか、あたしにはそっちのほうが心配だった。フリスビーさんは、あたしのことは知っているけれど、ロージーのお母さんや看護師さんのことは知らない。初めての人の中にひとりぼっちでいて、フリスビーさんがおびえてしまったらどうしよう。

でも、騒《さわ》ぎもせずに隣《となり》に連れられていくフリスビーさんを見ながら、あたしがほっとしたのも事実だった。フリスビーさんはかわいそうだけど、しばらくふたりだけでいっしょにいたことで、あたしの決意はますますかたくなった。あたし、大人になっても、ぜったいに看護師と医者にだけはならないからね。


学校についたのは、午前中の中休みの時間だった。生徒がみんな運動場にでているので、原っぱの真ん中に近づいたあたりから、もうゴーッというかみなりみたいな騒音《そうおん》と叫《さけ》び声《ごえ》が聞こえてきた。学校の先生にもぜったいになりたくないな、とあたしは思った。人生の大部分を、ああいう騒音《そうおん》の中でがまんして暮《く》らすなんて、たまったもんじゃない！ それにあのにおいときたら！ ロッカーのにおいだけではない。自分の周囲に悪臭《あくしゅう》をふりまいている連中も大勢いるんだから。クサレガスみたいに。

きっと、どこの学校にも、別のクサレガスがどっさりいることだろう。（きっと刑務所《けいむしょ》の中にもいるよね。だから、囚人《しゅうじん》や看守《かんしゅ》も、あたしの未来図からは消しておかなきゃ！）

なぜ、そのときふいにクサレガスのことがあたしの頭に浮かんだのかわからない。超自然的なめぐりあわせなんて、あるはずがない、とプタはいつも言っている。そんなのは、めったにないぐうぜんがおこったにすぎないんだって。ある人のことを考えていて、それから二、三分後にその人に出会うなんて、千分の一くらいの確率でしかおこらないことだよね。でも、ぐうぜんそういうことがおこると、みんな残りの九百九十九回のことはころっと忘れてしまい、その一回のことだけを覚えているんだって。

それでも、あたしにはショックだった。運動場にはいったとたん、そこにクサレガスがいたんだから。クサレガスは壁《かべ》に寄りかかっていた。横にはウィリーもいる。ふたりが、さもうれしそうに、いやらしい声で笑っているところを見ると、おまえが気がつく前からこっちは見てたんだぞ、と言いたいらしい。つんと上を向いてとおりすぎようとしたら、ウィリーがさっと足をだして、あたしをつまずかせようとした。あたしはすぐに気がついて、横に飛びのいた。

ふたりは、いっそう大きな声で笑った。ウィリーがお腹《なか》をかかえながら言った。

「おい。〈すて子モドキ〉って、どんな気分だよ?」

あたしは、わざわざ返事をしたりしなかった。そのときには、やらなくてはいけない、もっとだいじなことがあったから。遅刻《ちこく》した理由を書いた担任の先生への手紙を持っていなかったので、あたしは毛耳のところに行って遅刻《ちこく》した理由を説明しなくてはいけなかった。校長先生は、あたしがたいへんな罪を犯したと思うにきまっている。校長先生にとって「時間厳守は社会全体を支える大切な道徳」だった(入学前に家に送ってきた学校案内にも、そのとおりのことが書いてあった。プタは「時間を守るのは王子さま、王女さまのエチケット」って言うほうが、ずっとおしゃれなのにね、と言った)。

でも、びっくりしたことに、その日の毛耳はあたしにお説教をたれたりしなかった。その代わり、フリスビーさんについて山ほど質問をしてから、そういう人の扱《あつか》いに慣れていてよかったね、と言った。

「その歳で精神病の患者《かんじゃ》の面倒《めんどう》をみられる子なんて、そうはいないからね」

「ほんとうは、そんなにたいへんなことじゃないんです。ただ、話を聞いてあげればいいんですから。おばあちゃんはいつもそうしてます。もちろん、銃《じゅう》みたいなものは隠《かく》しとくとか、そういうことは気をつけなきゃいけないけど……」

毛耳は眉毛《まゆげ》をぴくりとあげた、というより、前に眉毛《まゆげ》があった場所の、青白い、ぷくぷくした皮膚《ひふ》にしわを寄せた、と言ったほうがいいかも。

「銃《じゅう》だって、カトリアオーナ君？」

あたしがおおげさに言っただけということは、毛耳にだってわかっていたに違いない。ちょっぴり自慢《じまん》したかっただけだから。あたしは、あわてて言った。

「もしも銃《じゅう》があったら、ってことだけど。フリスビーさんがきたときは、パンのナイフを引きだしの奥《おく》にしまっただけです。まさかのときのために」

毛耳はうなずきながら、自分の前に置いてある紙に、赤いボールペンで何かを書いていた。円をいくつもいくつも。

「君はこわくはなかったのかね？」

「あんまり」ぜんぜんこわくなかったと言うのもつまらないから、そう答えておいた。「別の患者《かんじゃ》さんだったら、もっとこわかったかもしれないけど」

毛耳は、はっとしたように顔をあげた。

「カトリアオーナ君、しょっちゅうあるのかね？　つまり、君がそういう不幸な人たちとふたりっきりになることが、よくあるのかね？」

まるで、おまえは分別《ふんべつ》のある人間らしくふるまうのには、まだ幼すぎる、と言われているようで、あたしはむっとした。たしかに、プタの患者《かんじゃ》さんとまったくふたりっきりになったのは、これが初めてかもしれない。でも、あたしは患者《かんじゃ》さんがきたらドアを開けてあげるし、もしプタがいそがしければ、相手をしていてあげることもある。クリスマスにやってきたのは、フロッシーおばあちゃんだけだったけれど、みんなお昼ごはんを食べたり、お茶の時間まで残ったりしているし……。

あたしは、たいしたことじゃないのに、というように肩をすくめてみせた。

「そんなにしょっちゅうじゃないけど。たいてい、おばあちゃんがいますから」

毛耳がバツ印をつけなかったので、あたしはほっとした（バツ印を五つもらうと、校長室のノートに名前が書かれる。それから何がおこるのか、クラスではだれも知らない。ただ、バツ印が重大なものだということだけは、みんなわかっていた)。

ロージーは言った。

「なんで、うちのお母さんに手紙を書いてもらわなかったの? そしたら、校長室に呼ばれなくてすんだのに」

ちょうど給食の時間で、あたしたちはカウンターの前の長い列に並んでいた。

「だいじょうぶだったよ。けっこう、親切だったもん。それより〈すて子モドキ〉って、なんのことだと思う?」

「それ、校長先生に言われたんじゃないよね?」

「まさか。ウィリーが言ったのよ。ほかにだれがそんなこと言うと思う?」

ロージーはちょっとだまっていた。それから、こう言った。

「旦那《だんな》さんと別居している女の人のことを、未亡人みたいとか、未亡人モドキって悪口を言ったりするじゃない? きっとほんとうのすて子じゃなくって、お父さんやお母さんがいつもでかけている子とか、いっしょに住んでいない子のことをそういうのよ」

「ウィリーのばか。まったく、あいつの考えそうなことだよ」

「でも、そういうくだらない悪口って、大人が思いつきそうなことだと思わない？」ロージーは顔をしかめた。「ウィリーみたいな子どもじゃなくって。ああいう子が言ったにしては、それほど乱暴な言葉でもないし。でも、もっともっといやらしいよね。キャットが、お父さんやお母さんと暮《く》らせないってことを、おもしろがってるんだから」

あたしは笑いだした。

「だいたい、あたしは両親といっしょに住みたいなんて、これっぽっちも思ってないのにね。ウィリーがからかいたかったら、からかえばいいんだよ。こっちは痛くもかゆくもないんだから」

あたしたちは、もうカウンターの前まできていた。今日のごちそうは、豆のトマトソース煮《に》で、その横には、なにやらかたまりがいくつかはいった、気味《きみ》の悪《わる》い茶色い液体が、どろどろっと盛ってある。この料理の正体は、ノーベル賞をもらった学者じゃなきゃわからないと思うよ。長いテーブルの前に座って、けっこうな食事を楽しみながら、みんなが立てている騒音《そうおん》ときたら！自分の声も聞こえないくらいだから、まして会話なんてできるはずがない。

そうだね、ロージーの言うとおりだよ、とあたしは考えていた。〈すて子モドキ〉なんて、ウィリーみたいな子が考えつくような悪口だとは思えない。じゃ、だれが考えたんだろう？　クサレガス？　でなきゃ、もっと年上のやつ？　ウィリーの、あの最低の父親みたいな。

あたしは、急に落ちこんでしまった。〈すて子モドキ〉というのは〈鼻くそ〉とか〈クサレガス〉のようにけろっとした、単純なあだ名ではない。〈毛耳〉だって、もっとシンプルだ。もしも、あたしが両親に捨てられたのを気に病んでいるような子だったら、そんなあだ名で呼ばれただけで、ぺしゃんこになってしまうだろうな。

あたしたち、もう大きくなったんだから、みんなをあだ名で呼ぶのやめにしない、ってロージーに言おうか。もし、ロージーがやめるのがいやだったら、ふたりだけのときに使おうって約束しようよ、と言おう……。

そのときになって、あたしは初めて気がついた。だいたい、みんなをあだ名で呼びはじめたのはロージーだよ！　ひどいあだ名を考えついたのもロージー。でも、ロージーはあたしと話をするときにしか、あだ名を口にしない。あたしみたいに、ウィリーに面と向かって〈鼻くそ〉なんて言ったりしない。だから、ぜったいにあたしみたいに、やっかいごとに巻きこまれたりしない……。

そんなことで怒るほうがおかしい、ということはわかっていたけど、むしょうに腹が立って、むかむかしてきた。あたしは目を宙にすえたまま、もくもくと昼食を食べつづけた。ロージーが話しかけても答えなかった。

「キャット？」ロージーが言った。

「食べたあと、何して遊ぶ？」それから「ねえ、キャット。どうしたの？」

あたしは思わず怒鳴《どな》ってしまった。

「ロージーってさ、いっつも優等生じゃなきゃ気がすまないわけ？」

それからずっと、ふたりとも口をきかなかった。授業が終わったあとも、口をきかずに机を片づけ、学期なかばの休暇《きゅうか》のあいだに使う教科書をそろえた。

ロージーは、あたしより早く片づけを終えた。もう、コートも着こんでいる。あたしの机の横に立つと、ロージーは言った。

「キャット、ごめんなさいね」

あんまり悲しそうな顔で言うから、こっちのほうが恥《は》ずかしくなった。冗談《じょうだん》っぽく言って、さっさとおしまいにしよう、とあたしは思った。

「そんな顔しないでよ。ロージーが悪いんじゃないんだから。なりたくて優等生になったわけじゃないんだもの、あんたもつらいよね」

けっこう意地の悪いことを言えるもんだね、あたしも。でも、ロージーは言い返したりせずに、頭をたれただけだった。もう、よけいに優等生に見えるじゃない！

あたしの負け。

「ロージー、謝らなくちゃいけないのは、あたしのほうよ。どうしてもあのふたりの家には行きたくないの。だから、ついつい人にいじわるしたくなるんだ」

「キャットはいじわるじゃないわよ」と、ロージーは言った。「それに、わたしだってキャットがお母さんのところに行くのはいや。トムもそう思ってるわ。お母さんも。むりに行かせるのはよくない、って言ってたもの。きのうの晩、おばあちゃんにそう言ってるのを聞いたの。ほら、タマネギを借りにうちにきたとき」

タマネギなんて山ほどうちにあるのに、とあたしは思った。でも、そんなことはどうでもいい。

「ブタは、なんて言ってた？」

「なんにも言ってなかった。というか、わたしは聞かなかったの。わたしが台所にはいったらすぐ話をやめて、キャットのおばあちゃんはタマネギのこと言いだしたから。でも、あとできいたら、お母さん言ってたわ。おばあちゃんはつらいでしょうね、って。だって、キャットのお母さんって、おばあちゃんの娘さんでしょう。いくらキャットを手ばなしたくなくっても、実の娘を相手にけんかしたりできないでしょうからね、って」

そうか！　あたしも、もっと早くそのことに気がつかなきゃいけなかったんだ！　プタだって、あたしに言えばよかったのに、とちょっと思った。でも、そんなことどうでもいい。あたしだって、プタが本気であたしを手ばなしたいとは思っていないと、うすうすは感じていた。でも、ロージーのお母さんみたいな、ちゃんとした人がそう言ってたって聞くと、ほんとうにうれしい！

あたしはすっかりごきげんになってロージーと運動場にでていき、門のそばでトムを待った。それに、ロージーもとってもうれしそうだった。トムとあたしはけんかがけっこう好きだけど、ロージーは大きらいだ。みんなが仲良くしているのが好きなんだって。そのことをいつも覚えておかなきゃ、とあたしは思った。もうぜったいにロージーとけんかをしたりしてはいけない……。

と、こんなに気高《けだか》い決心をしたとき、ウィリーとクサレガスが目にはいった。門のあっち側でぶらぶらしながら、ロージーとあたしを見て、こそこそと何か言っている。

ロージーとあたしは、授業が終わってもいつもあわてたりしない。トムが帰りじたくに時間がかかるから。いつか必要になるかもしれないあれこれをカバンに入れたり、靴《くつ》のひもを結んだり、コートを着たりするのに、すごく手間がかかる。いつもクラスでいちばん最後に教室からでてくるけれど、その日のトムはいつもよりいちだんと遅《おそ》かった。トムがあわててでてきたころには、運動場にはほとんどだれもいなくなり、何人かのお父さんやお母さんが、迎《むか》えにきた車の中で待っているだけだった。

トムは、カバンを下に置いて、こっちに手をふった。それから、置いておいたカバンを持とうとして、手さげのほうを落としてしまった。

「あたし、手伝ってくるよ」

ロージーにそう言ってから、あたしは自分のカバンを下に置き、トムのほうに駆《か》けだした。ウィリーとクサレガスのことはすっかり忘れていた。ふたりの脇《わき》をとおりぬけるとき、ひとりが足をさっとだしたのに、今度は気がつくひまがなかった。運動場にばったりたおれる前になんとかバランスは取り戻したけれど、一瞬《いっしゅん》ぼうっとしてしまった。

さっとふり向くと、ふたりともニヤニヤ笑っている。

「やーい、すて子モドキーッ！」

ウィリーは、両方の親指で口の端《はし》を引っぱりあげ、あとの指で両方の目じりを下に引っぱりながら、ぴょんぴょん跳《は》ねている。（ほんとにみっともない顔になるんだから。うそだと思ったら、自分でやってごらん！）

「すて子モドキーッ！」ウィリーはまた叫《さけ》んだ。「すて子モドキ！　すて子モド……ギャアーッ！」

ウィリーはヤマネコみたいな声をあげた。トムが、弾丸《だんがん》みたいな勢いであたしの前を駆《か》けぬけ、ウィリーのお腹《なか》に頭をぶつけたのだった。それから、トムは運動場に仰向《あおむ》けにひっくり返ったウィリーに馬乗りになって、髪の毛をつかんで何度もコンクリートにたたきつけた。

ウィリーを助けに、クサレガスがトムに飛びかかるかと思った。でも、クサレガスはおびえて、あとずさりしている。あたしだってこわかった。ウィリーの頭がメリッというのが聞こえたような気がしたし、すごいうめき声《ごえ》も聞こえた。トムはウィリーを殺してしまう！

あたしは急いで前にでて、トムの上着を引っぱって叫《さけ》んだ。

「トム、やめて！　やめて！」トムには聞こえない。あたしは、泣き声《ごえ》をあげた。「ロージー、助けて、ロージー……」

それから、何がおこったかはわからない。ちゃんと、覚えてはいない。でも、ウィリーが、やっと少し体を起こしかけたんだと思う。ウィリーは片手をトムのあごの下に入れてトムの頭をおしもどし、もう片方の手の指を立てて、まっすぐにトムの鼻をねらっている。あっ、鼻じゃない。トムの目を！

あたしはどうにかしてウィリーのその手をつかみ、横に、そして上にねじった。青い血管が浮きだした、なまっちろい手首が目の前にある。あたしは目をつぶって、思いっきり噛《か》みついた。ギャアッという声が聞こえた。それから、別の叫《さけ》び声《ごえ》も。男の怒った声。だれかが、あたしの髪の毛を引っぱる。脇《わき》の下に大きな手がはいってきて、あたしは地面から持ちあげられ、そのままドサッと落とされた。

男の声は言った。

「こら、またおまえか！」

ウィリーはグスグス泣いている。トムはウィリーの横に立ったまま、真っ赤な顔で泣くのをがまんしている。トムの襟首《えりくび》は、叫《さけ》び声《ごえ》をあげていた男につかまれていた。背が高くて、やせていて、キツネ顔の男。学校の理事をしている、おえらい紳士《しんし》、サー・アーチボルド・ウェリントン・ブランケット・グリーン。ウィリーの父親に。

7　両親の家

「ただではすまさんぞ！」

ふり返りざま、こんなすてきな別れの言葉をはなつと、サー・アーチボルド・ウェリントン・プランケット・グリーンは、ウィリーを引っぱりながら校舎へ戻っていった。もちろん、あたしたちのおそるべき行為《こうい》を毛耳に言いつけるために。

最初はあたしとトムも連れていくつもりだったらしい。でも、そこへロージーが助けにはいってくれた。

ロージーは、ウィリーのお父さんの顔をまっすぐに見て、しっかりと、そしてきっぱりと言った。

「わたし、何があったか、ぜんぶ見てました。ウィリーが悪いんです。先に手をだしたんだから。カトリアオーナを転ばせようとして、そのあと、ひどい悪口も言ったんです」

大人みたいな口ぶりだったから、サー・アーチボルド・ウェリントン・プランケット・グリーンはきっと、ロージーがほかのみんなより年上だと思ったに違いない。それに、息子が生きている以上（ワアワア泣いていた。足はバタバタさせてなかったけど）、いくらおえらい理事さまだって、あたしたちを殺人罪で逮捕《たいほ》することはできなかった。

それでも、サー・アーチボルドがあたしたちのことをあきらめて、息子の手をにぎって歩きだしたときは、ほんとうにほっとした。まだ、あたしたちをおどして、真っ赤な顔で怒っていたけれど。

「なんにもできっこないわ。証人はわたしだけだもの。クサ……」と言いかけて、ロージーはやめた。「ほら……あの、ウィリーの友だちは逃《に》げちゃったから」

それからロージーは、あたしの顔を見た。ふたりだけにわかる、秘密の顔つきで。まじめくさってはいるけど、ちょっと笑っている。そうか、ロージーもあたしといっしょにあだ名を呼ぶのをやめるつもりなんだ。ふたりでしゃべるときは別だけど、とにかく口にださないでおこうと決めたんだ……あたしにはピンときた。

べつにびっくりするようなことじゃない。こんなことは、あたしたちが五歳だったあのころから、よくあった。ある日、あたしたちは死んだミミズとべとべとの落ち葉とおしっこをジャムのびんに入れて混《ま》ぜて、毒薬を作った。ふたりでそのびんを、ロージーのうちの庭の月桂樹《げっけいじゅ》のしげみに隠《かく》しておいた。

しばらくたってから、あたしたちは、その毒薬をだれに飲ませようかと相談した。ふたりは口をそろえて「トム！」と言い、クックッと笑った。それから、どっちが先だったかは覚えていないけど、ふたりでびんをけとばしてひっくり返した。口ではひとことも言わなかったのに、ふたりは同時に毒薬を捨てようと決めたのだった。

これって、あたしたちが親友だという証拠《しょうこ》のひとつだと思う。

もうひとつの証拠《しょうこ》は、いつも困ったときには、ロージーにどうしたらいいか相談できるということ。

帰りの電車の中でロージーは言った。

「明日、出発する前に、キャットのおばあちゃんに今日のこと言っといたほうがいいわね。そしたら、お休みのあいだにうちのお母さんと相談できるし、ボールドリー先生が手紙で文句を言ってきたときに、どうしたらいいか決めておけるじゃない」

ボールドリー先生というのが毛耳の本名だとわかるまで、一分はかかった。

あたしはうめいた。ひとつには、笑うのをがまんしていたからだけど（ボールドってハゲってことだからね）、もうひとつには、明日から一週間の拷問《ごうもん》のことを考えたから。それにくらべたら、ハゲ＋毛耳の校長がしかけてくることなど、ばかばかしくって話にもならない。

トムが言った。

「キャット、心配するな。おまえが思ってるほどひどいことにはならないよ」

それから、

「チャタム元気をだせ、ドーバーが見えたぞ！」

これはトムの担任のマックルベリー先生が、だれかがしょんぼりしているときによく言ってくれる言葉だった。どういう意味かだれも知らなかったけれど、トムはいい言葉が見つからないときに、いつもちゃっかり使っていた。

次の日、あたしはずっとトムの言葉を、自分に言い聞かせていた。地下鉄でロンドンへ、それから下り列車でウォータールー駅からサリー州へ、たいくつな旅をつづけているあいだずっと。暗やみの中で、自分を勇気づけるために口笛を吹くのとおんなじだった。

お母さんとお父さんは、ふたりして駅であたしを待っていた。ブリッジをわたっていると、お母さんが小鳥みたいにピーチクしゃべりながら、ハイヒールでよろよろとやってきた。あたしを香水のにおいの雲に包みながら、お母さんはおしろいっぽいほっぺたを右、次に左とおしつけ、ジュッジュッと空中にキスをした。それから、あたしの両腕をにぎったまま、ちょっと自分の体からはなして、まじまじとながめた。

「まあ、わたしのキャットちゃん！ひとりでこーんなに遠いところまでこられるなんて、なーんて勇敢《ゆうかん》で賢《かしこ》いお嬢《じょう》ちゃまだこと！」

どう返事をしたらいいかわからないから、だまっていた。でも、両親の家にいるあいだ、あたしにいい子でいてほしいとプタが思っているのを知っていたから、あたしはちょっとほほえんでみせた。お母さんはあたしのほっぺたをつまんだ。というより、ほっぺたの肉をたっぷりとつかんで、前やうしろに引っぱるので、すごく痛い。

「父ちゃまが、かわいい娘に会いたいよおって、もう死にそうになってまちゅよ。早く、パタパタ飛んでいってあげましょ。車をはなれられないんですって。頭がかたくて、やばんな人たちに駐車違反《ちゅうしゃいはん》の切符《きっぷ》を切られたくないものね」

ほんとうのところ、父ちゃまは車のシートに寄りかかって気持ちよさそうに目をつぶり、CDプレイヤーから流れてくる音楽を、拍子《ひょうし》をとりながらイヤホンで聴《き》いていた。お母さんは車のドアを開けて、キイキイ叫《さけ》んだ。

「きましたよお！　しょうのない人ねえ、まったくもう！　あなたの、かわいい、すてきなお嬢《じょう》ちゃまのおつきですよお！」

目を開けたお父さんは、あたしをまぶしそうな顔で見て「やあ」とだけ言った。あたしがだれだかわかってないような、とまどった顔をしている。まだ『待合室』の中の役を演じているつもりらしい。

『待合室』というのは、老人ホームを舞台《ぶたい》にしたテレビの連続ドラマのこと。このドラマのおかげで、やっとお母さんとお父さんはほんの少し有名になり、ほんの少し財産ができた。お父さんの役は、奥《おく》さんをなくしたひとりものの男の人。ホームの中では、どちらかといえばまだ若いほうで、ちょっともの忘れはあるものの、まだまだ恋する気持ちを忘れてはいない。ホームのおばあさんたちはみんな、この人に胸をときめかせている。お母さんの役はホームの婦長で、お父さんが演じるお年寄りにちょっと恋をしている。

お母さんはお父さんをからかうように、頭をふってみせた。

「まあ、ねむねむのふりなんかして、父ちゃまったら」

「こんにちは、父ちゃま」と、あたしは言った。

なんとかどもらないで言えた。お母さんを「母ちゃま」って呼ばなくていいのは、ほんとうに助かる！　あたしを生んだときにはとっくに四十歳を超えていたのに、それでもお母さんはあたしぐらいの歳の、大きな娘がいるということを世間に知られるのがいやでたまらないらしい。だから、お母さんを呼ばなければいけないときは（できるかぎり、そういうことは避けてるけど）、あたしは「リーザ」と名前を呼ぶことにしている。

父ちゃまは顔をしかめ、ため息をついてからやっと身を起こし、車からでてきた。なぜかといえば、連続ドラマの中のお父さんの演じる老人が、関節炎をわずらっているから、そしてお父さんという人が現実に生活するには、あまりにもなまけものだから。役を演じるのをやめて、しばらく自分自身にかえるより、いつも関節炎のふりをしているほうが、ずっとらくらしい。

「お嬢《じょう》ちゃまは、うしろの席よ」

お母さんはあたしの髪をなでつけて、両方の耳にかけた。

「ちょっぴり、ほーんの少しお買い物をしてから、お嬢《じょう》ちゃまとお昼のごちそうをいただきましょう。とーってもすてきな、ちーっちゃなレストランが川のそばにあるのよ。かわいいキャットちゃんも、きーっと気に入ってくれるわ！」

これがお母さんのいつものしゃべり方。人間らしい話し方をするのは、父ちゃまとけんかしているとき。それから、化粧品を買うとき。

あたしは、この日の午前中におこったあれやこれやを、これ以上は書くつもりはない。じっさいにつき合わされたあたしもたいくつだったし、読まされるほうもたいくつだものね。あたしが言っておきたいのはひとつだけ。買い物はほとんどぜんぶ、お母さんの顔につけるものだった、ということ。昼間のではなく、夜用のしわとりクリームとか。

ちっともおもしろいものではないし、あたしだってつまらなかったけれど、たったひとつ発見したことがある。それは、気絶するような値段のクリームを選んでいるときだけ、お母さんがふつうに近い話し方をしていたということ。「あーらまあ」とか「おねがーい！」とか言ってはいたけれど、そのほかの言葉はいつものもの、あのばかみたいなしゃべり方ではなかった。

お母さんは、あたしのひじに手をそえて最後の店をでながら言った。

「すーっごくたいくつだったでしょう。ごめんなさいね。でも、女優さんって、お顔に気をつけなきゃいけないの。いつまでも、ずーっときれいにしておかなきゃいけないのよ、キャットちゃん」

「とーってもすてきな、ちーっちゃなレストラン」は、どこにでもある、川べりの居酒屋だった。中は暗くて、タバコのけむりがいっぱい。「お昼のごちそう」というのは、お母さんにはジン、お父さんにはウィスキー、あたしにはポテトチップの袋がいくつかとコーラ一杯のことだった。カウンターで注文すれば、ちゃんとした料理も食べられた。でも、ほかに何か食べるかいとお父さんがきいたとき、ふたりの顔はもうお酒で真っ赤で、まだらになっていたから、あたしは帰ったほうがいいと思った。

やっとたどりついた「うち」は、新築のしゃれた家で、門から家のあいだはびっしり石が敷《し》いてあって、芝生《しばふ》も花もなかった（古いゴミ箱や、壊《こわ》れた植木鉢《うえきばち》も）。中もぴかぴかで、ほこりひとつないので、靴《くつ》をぬがないといけないのかな、と思ってしまった。ソファやひじかけ椅《い》子《す》には、すべすべしたピンクのサテンのカバーがかかっていて、いまだにだれひとり座ったことがないように見えた（もちろん、犬なんかいない。猫《ねこ》も。金魚やカナリアですら）。

家具の上には指輪もない。灰皿も、本棚《ほんだな》も、本もない。暖炉《だんろ》の上、テーブルというテーブル、壁《かべ》という壁《かべ》に、お母さんとお父さんの写真がびっしり飾《かざ》ってある。

じゅうたんは、ほとんど白といっていいくらいのグレー。あたしはお母さんについて二階にあがるとき、足あとがつかなかったかどうか、ちらっとふり返ってたしかめた。

あたしが寝る部屋は、どこもかしこも黄色だった。黄色い無地の壁《かべ》に黄色いじゅうたん。カーテンもベッドカバーも黄色い花模様。ベッドに置いたあたしの布のダッフルバッグは、しょぼくれて、古ぼけて見えた。

「キャットちゃん、このお部屋には専用のバスルームもついているのよ」

お母さんは黄色いドアを開けた。

「ほうら、おもしろいでしょ？」

お母さんはあたしの返事を待っていない。よかった！（だって、なんて返事したらいいの？　バスルームなんて、おもしろいはずないじゃない！）お母さんはせっせと引きだしを開けて、

どうやって戸棚《とだな》が開くか教えてくれた（どこの戸棚《とだな》だって、開け方はおんなじと思うけどね）。

「さあさ、キャットちゃん。ここでゆーっくり休んでね。父ちゃまとわたしは、ちょっぴりお昼寝するわ。今夜、ちーっちゃなパーティーをするのよ。『待合室』にでてる方がぜんぶいらっしゃるの。みーんな、お友だち。うちのかわいいお子ちゃまに会いにきてくださるのよ」

それからお母さんは部屋をでて、ドアを閉めた。

お母さんが別の部屋のドアを開けて、また閉めるのが聞こえた。お父さんが階段をあがってきて、同じ部屋のドアを開けた（というか、同じ音だった）。それから閉めた。それっきり、なんにもおこらない。なーんにも。

あたしはダッフルバッグを開けて、服をクローゼットにしまった。本を読もうと思ったけれど、黄色い部屋にいるのでなんだか落ちつかない。まるで、ラッパスイセンの中に閉じこめられているみたい。あたしは、ドアを開けてそっと部屋をでた。階段をおりてはみたけれど、あちこちさわってみる勇気はでない。プタに、ぶじについたと電話したかった。でも、やっと人形の絹《きぬ》のスカートの下に電話を見つけたときには、家の中があまりにも静かなので、こわくて電話もできなかった。せきばらいもできないくらいだから、まして話なんかできやしない。

それから、ぴかぴかに磨《みが》かれたキャビネットの中に、テレビがあるのを見つけた。テレビの上にはいちだんと豪華《ごうか》なふたりの写真が飾《かざ》ってある。でも、ふたりが起きてくるかもしれないので、テレビもつけられない。

あたしは、水を一杯飲みたいと思ってキッチンにはいった。コップは見つけたけど、どこもかしこも清潔で、ぴかぴかで、しーんと静まり返っている。水道のせんをひねったら、すごい音がするかもしれないと思うと、水も飲めなかった。

プタの家では、つまり「うち」では、お風呂の水を入れたりトイレの水を流したりするたびに、ものすごい音がする。水がパイプの中でかみなりみたいにゴウゴウとどろき、ガンガン鳴りだす。まるで大災害がおこって、津波や地震で地球がまっぷたつにわれ、みんなが飲みこまれてしまいそうな。プタはいつも、一度調べてみるよと言っているくせに、調べたためしがない。水道のパイプをいじるより、もっとおもしろいことがたくさんありすぎてね、だって。

あたしは、黄色い部屋に戻った。

ベッドに腰かけた。

それから、待った。
『ジェーン・エア』を一章読んだ。
そして、待った。
次に、黒いビロードのミニスカートと、白いカシミアのセーターに着替えた。
それから、もう少し待った。
まるまる五時間のあいだ、家の中は死んだように静まり返っていた。

あたしの人生でいちばん長い午後が終わると、今度はドタバタ騒《さわ》ぎが始まった。もちろん、騒《さわ》ぎの原因は、お父さんとお母さんが寝すごしたから。あたしが起こしてあげればよかった。パーティーはあと一時間で始まるというのに。もうぜったいに間に合いっこない、とふたりは言う。
（互《たが》いに、そしてあたしにまで）わめきちらしながら、家じゅう駆《か》けずりまわっている。なんでこんなに大騒《おおさわ》ぎをするのか、あたしにはわけがわからなかった。だって、冷蔵庫にはワインのびんがずらりと並んでいるし、パーティー用のオードブルがのったお皿がいくつもラップをかけて置いてあるのに。ふたりが昼寝をしているあいだに、ちゃんと調査をしておいたってわけ。でも、お母さんは「ああ！」と言ったり、すすり泣いたり、手の甲《こう》をひたいにあてたりしている。まるで、大悲劇のオーディションでも受けているみたいに。

「もう、だめだわ」お母さんはうめいた。「間に合いっこない！　まだ、ドレスだって着てないのよ」

父ちゃまはすでに姿を消していた。だから、お母さんの観客はあたしひとりというわけ。あたしは考えた。ブタは、こんなとき、あたしにどうしてもらいたいと思っているだろう？

あたしは言ってみた。

「食べ物はあたしがだしてあげる。飲み物もついであげる。玄関《げんかん》にお客さまがきたら、あたしがでる。ほかにには、なんにもすることないんでしょう？」

お母さんはたちまち演技をやめた。

「まあ、キャットちゃん、ほんとうに？　なーんてやさしい子なんでしょう、天使みたい！」

お母さんはうきうきとキッチンをでていき、二階に消えた。
二、三分たって、父ちゃまが現れた。ぴっちりした紫色のズボンをはき、ふくらんだ大きなそでのついた、白いシャツを着ている。こういうとっぴょうしもない服を着ると、よけいに老けてみえる。たしかじゃないけど、口紅をつけてるかも、と思った。

自分が見つめられてるのに気がついて、父ちゃまは言った。

「おしゃれをすると、お母さんが喜ぶんだよ」

言いわけではない。説明しているだけだ。あたしは言った。

「父ちゃま、とってもきれいなシャツね」

まったく、ブタが聞いたら喜んじゃうよね！ここにくる前、あたしはできるかぎり悪い子になってやろうと思っていたけれど、思っていたほどかんたんじゃないということがわかった。そんなことをしたら、あたしはふたりのちっちゃな子どもたちをいじめる、ひどいやつになってしまいそうだ。

そこへ、お母さんが階段をおりてきてポーズをとり、くるっとまわってみせた。赤いドレスのすそがひるがえって、黒いレースのパンティストッキングをはいた足が、おしりまで丸見えになった。

父ちゃまがお母さんの腰に手をまわし、ふたりは玄関《げんかん》ホールでくるくると踊《おど》りまわる。あたしはキッチンのドアのところに立ったまま、ふたりを見物していた。お母さんの髪の毛は、スプレーのかけすぎでこちこちになって動きもしないし、お父さんのハゲ隠《かく》しの部分ウィッグは、つっぱって、もしゃもしゃしている。

そのとき、ふいに、ふたりが何に似ているかわかった。バービー人形のカップル！

もうだめ！　吹きだしそう！　そのとき、玄関《げんかん》のチャイムが鳴った。あたしはさもお客がきたのをうれしがっているようにゲラゲラ笑いながら、玄関《げんかん》へ駆《か》けていった。

パーティーはもっとひどくなるかと思ったけれど、そうでもなかった。あたしはお皿を運んでまわり、父ちゃまを手伝って、みんなのグラスにお酒を足してまわった。楽しくて、またたくまに終わった……なんてとても言えないけれど、思っていたよりたいくつではなかった。

お客の中で前に会った人はひとりもいなかったけれど、どの人もまったく知らない顔ではなかった。ほとんどの人はテレビで見たことがあった。みんな、まるでふたりの人間がひとりになっているみたい。ドラマの中の人と、あたしが持っているお皿からピーナッツをつまんでいる同じ顔の人と。

少なくとも、最初のうちはそんなふうだった。でも、話しかけてみたら違っていた。老人ホームでいちばん歳をとったおばあさんをやってる女優さんはもう、いつもうとうとねむっていて、しょっちゅう老眼鏡《ろうがんきょう》をなくしているおばあさんではなかった。老眼鏡《ろうがんきょう》なんていらない、ずっと若い女の人に戻っていた。その人は、あたしよりちょっとだけ年上の娘さんがいる、と話してくれた。

テレビの中とまったくおんなじ人たちも何人かはいた。もともとそういう人たちだったから、そんな役をもらったのか、父ちゃまの関節炎みたいにほんものの自分に戻るよりらくだから、テレビの役のままでいることにしたのか、あたしにはわからない。

それとも、頭の中がごちゃごちゃになって、ほんとうは自分がだれなのかわからなくなってしまったのかも。

若いといえるような男の人も、ひとりだけきていた。ほかのみんなよりは、ということだけど。この人は、老人ホームを定期的にたずねるお医者さんのひとりを演じていて、あたしのお母さんに恋をしているということになっていた。もちろん「老人ホームの婦長さんに」ということ、連続ドラマの中でお母さんに恋をしているというわけ。

あたしはあとでその人のグラスにワインをつぎ足してあげた。（あたしに言わせれば、もう飲みすぎるほど飲んでいたけれど！）その人は、テレビの中のお医者さんそっくりに、ちょっと恥《は》ずかしそうにしながら言った。

「お母さんがとってもすばらしい人だってこと、もちろん君もわかってるよね！」

そして、あたしは、現実の世界でも、この人がお母さんに恋をしてるということに気がついた。この瞬間《しゅんかん》も、このパーティーのさいちゅうも。

何か返事をしなくてはいけなかったので、しかたなく言った。

「とってもきれいですよね。それに、すごくいい女優だと思ってます」

でも、答えたとたんにみょうな気分になった。そして、さびしくて、プタにむしょうに会いたくなった。


その週、日がたつにつれて、あたしはますますさびしくなった。プタには毎日電話をかけていたけれど、プタもさびしそうな声をしていた。もちろん、自分で言っていたわけではないけど。

もっと電話をかけたかったけれど、そんなことをしたら、あたしの両親が気を悪くするのではと、プタが心配するかもしれない。リーザと父ちゃまのことを「両親」って呼ぶなんて、おかしいけどね。両親というより、あたしの目には、子どもそのものに見えるもの！

一週間のあいだに、ふたりはますます若くなっていき、あたしはますます歳をとっていくような気がした。ふたりとも、ちっちゃな子どもみたいなけんかをする。お母さんが怒らせると、お父さんはお母さんの髪の毛を引っぱるんだから！　お母さんはお父さんをつねって、キイキイ叫《さけ》びながら逃《に》げる。ちっちゃな子どもたちがおもちゃを取り合うみたいに、新聞を取り合ったりする。

あたしには、ふたりともやさしかった。あたしがいるのを思いだしたときはやさしかった、と言ったほうがいいかも。ふたりとも、ほとんど毎日リハーサルがあって、それも午前中だから、あたしが寝ているあいだにうちをでていく。午後にリハーサルがあるときは、ふたりとも十一時ごろまで寝室からでてこない。ここにきて最初の二十四時間、両親があたしにどうしてもらいたいと思っているのか、わからなかった。そのあと、べつにあたしにしてもらいたいことなんかない、ってことがわかった。

夜、うちに帰ってくると、お母さんはソファに足をのせて〈ドリンキー・ピンキーちゃん〉

を飲み、父ちゃまが夕飯を作る。あたしは、父ちゃまの手伝いをすることもあるし、お母さんがジンを飲んでいるあいだ横に座っていることもある。あたしは、今日は一日何をしてたのってきくけど、ふたりはぜったいにきいてこない。自分たちの留守のあいだにあたしに何がおこったかなんて、まったく興味がないらしい。

ひとりで留守番しているとき、あたしがすることのひとつは、ロージーに電話をかけることだった。あたしはロージーに言った。

「自分たちが家にいないときは、あたしもいないのと同じなの！　自分に見えるときだけ、あたしは存在するって思ってるみたい」

「ねえ、お腹《なか》をすかせたりしてないの？」とロージーはきいてきた。「だったら、食べ物を持ってってあげられるかもしれないわよ。ふたりがキャットを飢《う》え死《じ》にさせようとしているって言えば、お母さんがわたしをそこに行かせてくれるわ」

まるで、飢《う》え死《じ》にしかけてたらいいな、って思ってるみたい。ロージーもあたしと同じで、学校が休みなのでたいくつしているらしい。そりゃあ、あたしだってきてはもらいたかった。でも、ロージーがたった一日だけきてくれたとしても（赤ずきんちゃんみたいに、ごちそうをつめこんだバスケットをかかえて）、ちょうどその日にたまたまリーザと父ちゃまが早く帰ってきて、ロージーとでくわすかもしれない。あたしだって、ふたりがおかしなカップルだということくらい知っているけれど、それでもロージーに両親のことを笑われるのはいやだった。

あたしは言った。

「食べ物は冷凍庫《れいとうこ》に山ほどあるの。それに、お掃除《そうじ》にきてくれる人が、お昼ごはんも作ってくれるんだ。あたしが存在しないみたいって言ったなんて、プタには言わないでくれる？　元気なんだから。ほんとだよ」

お掃除《そうじ》にきてくれる人は、フィッツという名前だった。ほんとうはフィッツロイ。役者だけど、今は仕事がないのだという。

「芝居《しばい》の世界では『休息』って呼んでるんだ。だから、おれもこうやってよその家の掃除《そうじ》をして食べてるのさ」

フィッツはとっても明るくて、やせていて、すごく若かった。いつもひどいせきをしている。あたしが明日帰るという日、フィッツはお昼にスパゲッティを作ってくれた。あたしが食べているあいだも、フィッツはいっしょに座って、ひっきりなしにタバコを吸っている。そこらににおいがつかないように、キッチンのドアを開けて。こんなこと、あたしが言うべきことじゃないかもしれない。でも、言うことにした。

「フィッツ、何か食べなきゃだめ。そしたら、タバコをそんなに吸わなくてもすむかもしれないよ」

フィッツは顔をしかめて目をぐるりとまわし、天を仰《あお》いだ。

「ああ神よ、この若き女伝道師から、おれを救いだしたまえ。小言《こごと》を言われるのは、おふくろだけでたくさんだ」

あたしはどぎまぎしてしまった。顔が赤くなって、よけいにどぎまぎした。

「ごめんね。あたしの悪いくせなの。いっつもおばあちゃんがタバコを吸うのをやめさせようとしてるもんだから」

言いわけをしてもむだだった。フィッツはあまりにも腹を立てていた。椅子《いす》をうしろにおしやって立ちあがると、フィッツはぷりぷりしながら、長くて、つやつやした、ポニーテールをふって言った。

「なあるほど。ここで暮《く》らすようになったら、ばあちゃんのタバコに気をもまなくてもすむってわけだな、でしゃばりお嬢《じょう》さま」

フィッツはテーブルの上のタバコをさっと取ると、箱ごとシャツのポケットに入れてボタンをかけた。

「あんたのおやじとおふくろに言わせれば、タバコを吸うのは、殺人よりも重罪なんだってよ。なのに、ジンを飲むのは罪ではないし、おやじのほうは赤んぼうがミルクを飲むみたいにウィスキーをぐびぐびやってる。あいつらが好きで悪いことをしてるんなら、こっちだって悪いことをしてやるぜ。おれはそう思ってるわけ」

「あんたがどう思ってようと、あたしには関係ないよ」

あたしは失礼な口をきいた。（だいたい、フィッツだってかなり失礼じゃない?）でも、タバコとお酒のどちらが悪いかなんて議論に、時間を使いたくなかった。きちんときいておかなければいけないもっと重大なことを、フィッツが口走ったから。

「あたしはここで暮《く》らしたりしないよ。どうしてそう思ったわけ?」

フィッツは目を丸くした。

「もちろん、あいつらが話してくれたのさ。ステキでしょう、フィーッツ！　アタクシたちのかわいーい、ちーっちゃなお嬢《じょう》ちゃまよ！　あの子のおばあちゃまは喜んでないけど、あの人にはそんなこと言う権利なんか、ちーっともないのよ！」

フィッツの顔を見なかったら、お母さんがしゃべっていると思ったかもしれない。ただ、フィッツのものまねのほうがもっともっとばかみたいだった。この人は、あたしのお母さんが心底きらいなんだろうな、とあたしは思った。

「何言ってんのよ。あたしはおばあちゃんと暮《く》らしてるの。あたしが住むのはおばあちゃんの家。そこがあたしのうち。あたしをうちから引きずりだそうとしたって、そうはさせないから。ぜったいにここになんかいてやるもんか……」

そこのところで、ふいに、あわてててしまった。だいたいフィッツは、あたしがよけいなことを言ったから言い返しただけだ。もし、あたしがあんなに失礼なことを言わなければ、こんなふうにはならなかったんだ。

「タバコのこと、ごめんね。あたし、フィッツにいじわる言うつもりじゃなかったの」

でも、今さらそれを言ってもどうにもならない。仮にフィッツの怒りがおさまったとしても、結局何も変わらない。

するとと、フィッツはけっこうやさしい声で言った。

「あんたには話してあると思ってたけどね。もう、ふたりとも決心してるぞ。おふくろのほうが、って言ったほうがいいかな。おやじのほうは、かみさんの言いなりだから。もう弁護士に会って頼《たの》んでるんだって、おふくろが話してたぞ。ソウソウ、お嬢《じょう》ちゃまもね、初めのうちは、チョーッピリ怒るかもしれないけどお、あの子はもう大きいから、あーんまりアタクシが世話をすることもないのよお」

それから、フィッツはにやっと笑って、自分の声で言った。

「もう大きいから、あんたはこの家で、充分《じゅうぶん》に役に立つってことさ。ほらほら、そこのジンを取って、お皿を洗ってよ……おれにはそんなこと言わなかったけどね、あたりまえだけど」

「ぜったいに、ここになんかこないからね」

あたしはそう言って席を立った。

「荷物をまとめて、これからうちに帰る。もうぜったいにくるもんか。あのふたりだって、あたしをむりやり連れてくることなんかできないからね」

フィッツはあたしの顔を見て、悲しそうな声で言った。

「かわいそうなチビだね、まったく。あいつらは、ほんとうのおやじとおふくろなんだぜ。あんたのことは、自分たちの好きなようにできるんだよ」

8　三十ポンドの図書券

あたしが両親の家からその日のうちに逃《に》げださなかった理由は、ふたつあった。ひとつは、逃《に》げだすのに必要なお金がなかったから。もうひとつは、読みかけの本をまだ読み終わっていなかったから。

おこづかいも、プタがくれたまさかのときのためのお金も使ってしまい、あたしはすっからかんになっていた。流浪《るろう》の身のなぐさめに、本やお菓子《かし》を買ってしまったから。本のほうは、島流し生活も終わりに近づいたころ、この家の中で何冊か見つけていた。狭《せま》い階段から行くことができる、屋根裏の小部屋で。ぎっしりとつめこまれたいろんな物の中に、ダンボール箱がひとつあって、それに本がはいっていたのだった。

何日かたつまで屋根裏部屋が発見できなかったのは、ふつうのクローゼットの戸みたいなド

アの裏に階段があったからだ。あたしは、けっこう念を入れて探検したつもりだったけれど、そんなところにはどうせタオルかシーツしかはいっていないと思って開けなかった。そういうものをおもしろがる趣味はないからね。

ついに屋根裏部屋を発見したといっても、たいしておもしろいものも見つからなかった。昔の写真もなければ、出生証明書《しゅっしょうしょうめいしょ》もない。黄ばみかけた手紙も、重要な遺言《ゆいごん》もない。ほんとうにガックリきたことには、あたしが親のわからないみなしごだとか、もっと運がよければ、王室につながる孤児《こじ》だということを証明する書類も、一通もなかった。あったのは、しゃれたスーツケースがいくつか、見たところ、どこも壊《こわ》れてないソファがひとつ、薄紙できれいに包んだ夏服がしまってある横長の大きな箱、そして、本がはいったダンボール箱だけ。本は、ほとんどがお芝居《しばい》に関係したものや、俳優や女優の伝記だったけれど、まだ読んでいないアガサ・クリスティの本も少しあった。おこづかいで買ったペーパーバックも読んでしまったし、お金も使い果たしたあとだったから、アガサ・クリスティを見つけて、あたしはまずまずほっとした。

とにかく、お金がないので、ヒッチハイクをしてうちに帰ろうかと思った。そのためには、トラックの運転手がお茶を飲みに立ち寄るようなところを、長いことうろつかなければいけない（知らない人の車に乗ってはいけないことぐらいわかっていたけれど、なにしろ緊急事態《きんきゅうじたい》だったし、たぶんトラックの運転手のほうが自家用車に乗っている人たちより安全に違いない、とあたしは思った）。ちょうどいいトラックがくるまで待っているのだから、本でもなくてはたいくつでたまらないだろう。だから、最初はアガサ・クリスティを持っていって、うちから郵便で送り返そうかとも思った。でも……そしたら、あたしがこの家から持ちだしたと、両親に手紙を書かなければいけなくなる。ぜったいに、人の本をだまって借りたりしてはいけないと、ブタにいつも厳《きび》しく言われていた。

それに、あたしはもう二度と両親にかかわりたくなかった。ぜったいに！

そこで、あたしは最後の何章かを読んでしまおうと座り直した。思っていたより読み終わるまで時間がかかってしまった。最後のページを読み終えたとき、玄関《げんかん》のドアが開いて、お母さんの声がした。

「ヤッホー！　かーわいいキャットちゃー――ん！」

あたしが凍《こお》りついていると、お母さんはもう一度声をはりあげた。

「今夜は、とびーっきりすてきなごちそうにちまちょうねえ。ニャンコちゃーん、おりてきて、お手伝いしてくれるかなあ！」

（まったく、書いてるあたしだって信じられないよ！　どうして人間にこんな話し方ができるの？　ぜったいに、法律で禁止しなきゃね）

悪いことをしてるところを見つかったみたいに、あたしの心臓がドキッとしたのは事実だった。でも、ほんとうのことを言うと、救われたような気もしていた。

アガサ・クリスティを読んでいるあいだじゅう、あたしの頭の半分は（明日、ちゃんと帰る代わりに、今夜逃《に》げだしちゃってもいいの？）と、そればかり考えていた。考えれば考えるほど、（やっぱりいけないよね）という気がしてくる。

いちばん大きな理由は、せっかく泊めてもらったのに「ありがとう」も「さよなら」も言わないで逃《に》げだすなんて、無作法《ぶさほう》で思いやりがない、とプタに言われそうだということ。

それでもやっぱり、階段をおりていくとき、あたしの心臓はまたドキドキしはじめていた。フィッツが言ったことが事実かどうか知りたかった。ほんとうに、心底ふたりはあたしにこの家にずっといてもらいたいと思ってるの？　あたしにむりやりそうさせることができるなんて、ほんとう？　いったいどうやって？　でも、ふたりに直接きいてみるなんて、あたしにはこわくてできそうになかった。

あたしが、いつもにこにこして、ふたりにやさしくしてあげれば、ふたりも思いやりを持ってくれて、ブタのうちに帰ってもいい、ずっとそこで暮《く》らしてもいいって言ってくれるだろうか？　反対に、めちゃくちゃひどい態度をとれば、もう二度と顔も見たくないって言ってくれるかもしれない。

あたしは、そのどちらもしなかった。だまりこくったまま「とびっきりすてきなごちそう」を食べた。ほんとうはテイクアウトの中華料理で、そのまずさときたら、かなりのものだったけれど。あたしがほとんど口をきかず、たぶん悲しそうで、ゆううつな顔をしていたせいだと思う。お母さんが急にこんなことを言いだした。

「ほらね。父ちゃま、わかったでしょう？　お嬢《じょう》ちゃまはずーっとあたしたちといっしょに暮《く》らしたいと思ってるのよ！」

あたしは何も言えず、恐怖《きょうふ》で凍《こお》りついたまま、お皿をにらんでいた。

「リーザ、頼《たの》むから、この子をほっといてやれよ」と、父ちゃまは言った。

そのあとは、テーブルを立つときにいつもあたしに言う、芝居《しばい》がかったせりふ。

「さああ、キャット。お皿を食器洗い機に入れるとしようかね」

これでこの晩は終わるはずだった。あたしは時計をちょいちょいにらみながら、どうやったら、少しでも早くねむくなったふりができるかなと思っていた。九時のニュースが始まったとき、父ちゃまはテレビを消し、あくびをしながら、立ちあがって伸《の》びをした。

「明日は起こしてくれよ、キャット。早起きして、駅に送ってくから」

それから、お母さんも言った。

「じゃあね、キャットちゃん。早くベッドにはいりなさいな」

びっくり。あたしがここにいる最後の晩だから、もっと大騒《おおさわ》ぎするかと思っていたのに。あんまりほっとしたので、ふたりにおやすみのキスをされても、あたしは顔をそむけなかったし、お行儀《ぎょうぎ》よく「ここに泊めてくれて、ほんとうにありがとう」と言ったりもした。

すると、ふたりはにっこりと笑った。あたしに笑いかけたわけではない。ふたりで顔を見合わせて笑ったのだった。自分の部屋に戻ったとき、その理由がわかった。黄色いベッドの上に、プレゼントの山ができている。ひとつひとつ金色の紙で包んであって、金と赤のリボンがかかっていた。

ピンクとブルーの旅行用のポーチ。せっけんとシャンプーと歯磨《はみが》きのチューブ、それにブラシとくしがはいってる。しゃれた旅行用の目覚まし時計。ふたを開けると、世界のいろんな街の時刻がわかる。革ケースにはいったカメラ。美しい、すべすべの絹《きぬ》みたいな生地《きじ》の、ブルーとグリーンのトップスと同じ布のパンツ。金のバックルがついた、おそろいの室内ばきもついている。それから、十ポンド札が二枚はいった封筒と三十ポンドの図書券……。

図書券がでてくるまでは、あたしはがまんしていた。ほかのものはみんな、だれがだれにあげてもおかしくないプレゼントばかり。つまり、あたしの親みたいな人が、だれかにあげそうなプレゼントだった。

でも、図書券は違う。これは、ふたりが……でなきゃ、ふたりのうちのどちらかが、あたしについて少なくともひとつの事実は知っているという証拠《しょうこ》だった。

あたしは声をあげて泣きそうになった。図書券を見るまでは、あたしは腹を立てていた。プレゼントをベッドの上に置いたまま帰ろうと、もう少しで決心するところだった（ぜんぶのプレゼントを、という意味じゃない。たぶん、カメラは持っていく。それに、ブルーとグリーンのトップスとパンツは、ちょっと着てみるかもしれない。体に合うかどうか試してみるだけ）。

でも、図書券を見てしまったら、もうプレゼントをぜんぶクローゼットにしまって見なかったふりをすることはできなくなった。ぜんぶをバッグにつめこんで、うちに持って帰るよりほかない。そして、帰る前に「ありがとう」って言わなければ。

こんなのずるいよ！　どうしてってきかれてもわからないけれど、とにかく汚《きたな》いよ。だから、またもや腹が立ってきた。

次の朝起きたときも、あたしはまだ怒っていた。「プレゼント、ありがとう」と言ったときも。ふたりはたぶん気がついていなかったと思う。リハーサルにでかけるしたくでいそがしかったから。列車に乗るころにはますますいらいらしてきて、時間がたつにつれてどんどんかっかとしてきて、駅におりてプタに会ったときには、あたしのお腹《なか》の中は煮《に》えくりかえっていた。

プタの顔を見ても、あたしは笑ってあげなかった。「ただいま」も言わなかった。雑種のウィルキンズがいっしょに迎《むか》えにきて飛びついてきたけれど、おしのけてやった。あたしは、そのままプタと犬を無視してさっさと先に立ち、まっすぐ前を向いて階段をのぼって、駅前の広場にでた。プタのぼろ車が、歩道に寄せて停めてある。あたしはドアを開け、ダッフルバッグを放りこんだ。バシッとドアを閉めてから、あたしはさっとふり返って、プタの顔をにらみつけた。

「また、キーをかけとかなかったね！　だれかに盗《ぬす》まれて、がっかりしても知らないよ！」

もし笑ったりしたらひどいめにあわせてやる！　でも、プタは笑わなかった。あたしの肩に手を置いて、プタは言った。

「ごめんね、キャット。悪い知らせがあるんだよ。ブーツが死んじゃったの」

これで泣いてもオッケーな理由ができたってわけ。ウィルキンズをうしろに入れてから、ふたりで前の座席に座った。プタはやたらに人にだきついたりするたちではないけれど、このときはあたしをしっかりだきしめて、何があったのか正確に話してくれた。その日、プタは朝になってから、歳とったパグのブーツがバスケットの中で死んでいるのを見つけたのだという。ねむっているように安らかな顔をしていたよ、とプタは言った。

「もう、ずいぶんな歳だったから、老衰《ろうすい》で死んだの。とってもしぜんに、すーっとねむるようにね」

「わかったよ、もうわかったってば。ブーツもあたしたちも、すっごくラッキーだったって言いたいんでしょ！」

あたしがそう言ったとたん、プタったら声をあげて笑った。あたしのほうは猛烈《もうれつ》に泣いていたから、涙だの鼻水だのが、鼻の穴からぶくぶくでていた。プタはあたしの顔をハンカチでふいてくれた。赤ちゃんにするみたいに。

「もう、だいじょうぶ?」

プタに言われて、あたしはうなずいた。プタが、さっき久しぶりに顔を合わせたとき、どうして怒ってたのか、なんてきかないからほっとした。だって、どう答えたらいいか、わからないもの。

うしろの席で、さっきからヒンヒン鼻を鳴らしていたウィルキンズが、前のシートの背に前足をかけて、ふたりの首のうしろをぺろぺろなめはじめた。あたしたちは、くすぐったくて、背筋がぞくぞくした。

あたしの怒りはもうどこかへ消えていた。

「会えなくてさびしかった。うちに帰ってきてほっとしたよ」

「わたしだってさびしかったよ」と言って、プタは車をスタートさせた。

その日は土曜日だった。次の日まで、あたしたちはちゃんとした会話をしなかった。プタはあっちで何がおこったかきかなかったし、あたしも話さなかった。でも、日曜の夜七時をまわったころ、プタがあたしの部屋のドアを開けて、晩ごはんができたと言ったので、あたしは両親がくれたプレゼントを見せた。

プタは言った。

「ずいぶん上等のカメラだね、それ」

そして「そのブルーとグリーン、キャットに似合うよ。パーティーに着てったら、すてきだろうね」

それから「便利なポーチだね。ほら、それもけっこうな旅行用の時計だし。これでサハラ砂《さ》漠横断旅行《ばくおうだんりょこう》の準備ができたじゃないか！」

こうも言った。

「はいはい、わかりましたよ、キャットの言うとおり。ラクダも買ってこなきゃね」

図書券を見せると、プタは言った。

「あのふたり、それなりに一生懸命なんだよ。認めてあげなきゃね、そこんところは」

あたしは言った。

「もうあそこには行きたくない。行かないよ。行かなくてもいいんだよね？」

プタはため息をついた。

「キャット……」

「おねがい！　ねえ、おねがーい！」

プタはベッドに腰かけた。黒いスカートに、重い、あみあげ靴《ぐつ》をはいているので、足首がよけいに細くて、折れそうに見える。どこもかしこも、プタは前よりずっとやせていた。ほお骨はやけに高くなっているし、鼻だってますますとんがってきている。

「ちゃんと食べてなかったんでしょう！」

あたしはプタの手を取って、手首のたるんだ皮膚《ひふ》をつまんだ。

「…ったくもう、あたしが一週間留守すると、これだからね」

「いいんだよ、キャット。わたしがあんたの面倒《めんどう》をみてるんだから。世の中、そういうもんなの。その逆はないの」

あたしはきいてみた。

「あの人たち、あたしをむりやり自分のうちに連れてって、いっしょに住むようにさせることができるって、ほんとう？　プタは、そんなことしてもらいたくないんだよね？　それって、法律じゃないよね？」

プタはあたしの両手を取ってにぎりしめた。

「法律なんて忘れなさい。それから、わたしも、法律のことは考えたくないの。キャットは自分のことだけ考えなさい。あの人たちといっしょに暮《く》らすのだって、慣れたら楽しくなるよ」

あたしはにぎられた両手を引っこめて、耳を思いっきりぎゅっとふさぎながら言った。

「あたしがきいたのは、法律のこと。法律かってきいたの。ちゃんと答えてよ。そしたらプタの話を聞いてあげる」

深いため息をついてから、プタは言った。

「まず晩ごはんを食べようよ。ラザーニャを作っといたから。置いとくとまずくなるよ」

プタが、気が向いたときに作る料理はおいしい。あたしは、どっさりよそった二皿めのおかわりも、ぺろりと食べてしまった。

「すっごくおいしい。冷凍食品《れいとうしょくひん》とか、テイクアウトの料理ばっかり食べてきたから」

「料理なんて、楽しいと思わなければ作る意味がないの」とプタは言った。「冷凍《れいとう》だって、悪くないさ。うちだってできあいの料理を食べること、あるじゃないか。それに朝ごはんに犬のラスクを食べたことだって。あんたが学校の先生に言いつけたらしいけどね」

あたしは、何を言われているのか最初はわからなかったけれど、すぐに思いだした。

「けど、あれはあたしが大好きだからだよ。知ってるじゃない。おいしいよ、あれ。焼きたての白いパンよりずっとおいしいと思うな」

「わたしもそう思うよ。でも、ほかの人はそうは思わないらしいね。キャットの学校の先生も、そのうちのひとりだけど」

あたしはきょとんとした。休暇《きゅうか》の前に通知表は持って帰らなかった。それに、プタあての手紙だって、だれからももらわなかったのに。

「キャットがあっちへ行ってるあいだに、お客さまがきたの。ボールドリー先生。キャットの学校の校長先生」

「毛耳だっ！」

考える前に口からでていた。

「まさにそのとおり。もっとも、そういうことを観察するのは、お行儀《ぎょうぎ》がいいとはいえないけどね。ボールドリー先生が言ってきたのも、そのこと。キャットが学校の何人かの子に対して、あんまり行儀《ぎょうぎ》がいいとはいえないって思ってるみたいだね」

「それって、不公平だよ！　あたしじゃないもの。あたしだけじゃない、ってことだけど。最初にあだ名をつけて、呼びはじめたのはロージーなんだよ！　でも、校長先生にはそんなこと言えなかったの。あたしが叱《しか》られてるさいちゅうに、言えっこないじゃない。言いつけられるはずないでしょ、ロージーのこと。それに、あたしたち、もうやめたんだもの！　前の学期の終わりにちゃんとやめたよ」

プタはうなずいた。

「わたしも校長先生に言ったんだよ。そういうことには、しぜんに終わりがくるんですって」

今言ったことがわかったかなというように、プタはあたしの顔を見た。

「つまりね、やっているうちにつまらなくなってくるってこと。校長は、どうもキャットが、ひとりの男の子を集中攻撃していると思ってるらしいね。あだ名で呼ぶだけじゃなくって、いやがらせしたり、けんかをしかけたり。でも、一方だけが悪いとはいえませんよ、ってわたしは言ってやったよ。こっちだって、その子と仲間がうちの孫をいじめたときに、叱《しか》ったことがあるんだからって。そしたら校長は、その『不幸なできごと』はわたくしもぞんじております、だってさ。ご子息《しそく》があなたに脅迫《きょうはく》されたと、ウィリアム・グリーン君のお父さまが言ってこられました、って。だから、わたしは言ってやったんだよ。それは申しわけありませんでした、ってね」

「ええっ、なんて言ったんだって？」

「キャットがあの子をとってもこわがっていたから、わたしはついかっとなってしまったんだよ。あの子は怪獣《かいじゅう》なんかじゃなくって、ただの子どもなのにね」

「怪獣《かいじゅう》っ子だよ」とあたしが言うと、プタは笑いだした。

「たぶんね。それでも、わたしは大人らしい態度をとらなきゃいけなかったんだよ。もうこんなに歳をとっているんだから」

「歳とってなんかいないよ」と、あたしは言った。

「いいえ、歳とってるの。歳とってると、ついついうっかりしちゃうもんなの」

プタはほほえんでみせてはいるけど、心の中ではうろたえている。あたしにはちゃんとわかった。

「校長先生がわたしに会いにきた、ほんとうの理由はね、キャットのことが心配だって、言いたかったからららしいよ。退職してからも、患者《かんじゃ》を何人かうちで診察《しんさつ》してるって言った人がいるらしくてね、それであんたと患者《かんじゃ》と、ふたりっきりになることがよくあるって。まだ小さいから、あんたを頭のおかしな人とふたりっきりにしておくのはよくないんじゃないかって、それを言いにきたんだよ。初めのうちは、なんのことかさっぱりわからなかった。それから、キャットがフリスビーさんのせいで学校に遅《おく》れた日のことを思いだしたんだよ。でも、キャットはそんなに長いことふたりだけでいなかったよね？ それに、あれはただフリスビーさんが……」

プタは心配そうに顔をしかめながら、口にだして記憶《きおく》をたどっている。そのとき、あたしはボールドリー先生に、ナイフや銃《じゅう》を隠《かく》す話をしたのを思いだした。

「あのね、うちの学校では遅刻《ちこく》するっていうのは、たいへんなことなの。だから、何かちゃんとした言いわけを考えなきゃいけないのよ」

プタの返事を待ったけれど、何も言わない。あたしは、ふいにむかむかしてきた。

「あたしはね、引きだしにナイフを入れたって、言っただけなの！ フリスビーさんが自分でけがしたりしないようにって。ただそれだけ」

でも、ほんとうにそんなふうに言ったんだっけ？　あたしには思いだせない……。

プタはあたしの顔を見た。ちょっと笑っているけれど、悲しそうな目をしている。

「少なくとも、わたしたちふたりは、前もって警告を受けたってわけだね」とプタは言った。

「どういうことよ？」（今から思うと、そんなこともわからないなんて、マヌケもいいとこ。でも、そのときはほんとうにどういう意味かわからなかった）

プタはやさしい声で答えた。

「もし、あのふたりがキャットを連れていきたいと思ったら、いい理由ができたってこと。きっとふたりは、わたしがキャットの面倒《めんどう》をみるには歳をとりすぎてるって、言いだすだろうよ。それは朝ごはんに犬のラスクを食べさせたりするからってだけじゃない。わたしの暮《く》らしぶりも、いい理由になるんだよ。女の子が、頭のおかしい危険な人たちに囲まれて暮《く》らすなんて、とんでもないことだってね」

あたしは、半分泣きそうだった。

「どうしてよ？　ほんとうはそんなんじゃないでしょ？　わかってるじゃない。ここからあたしを連れだして、あんなおそろしい家で暮《く》らすようにさせるなんて。そんなこと、あの人たちにさせないよ。あたしのことを、まるで家具かなんかみたいに思ってるのに」

あたしはフィッツが話してくれたことを思いだした。あのふたりはあたしの両親だ。だから、あたしのことは、自分たちの好きなようにできる……。

「あの人たち、弁護士に相談したんだって。ねえ、あたしたちも弁護士を頼《たの》めない？　そしたら、ぜんぶやめさせられるでしょ」

「頼《たの》めるよ」とプタは言った。「でも、そうするつもりはないね」

プタは立ちあがって、食器を片づけはじめた。それから、あたしのうしろにまわって、あたしの肩に片方の手を置いた。

「わたしはキャットが大好き。わたしの娘も大好き。ふたりがお互《たが》いに、大好きになってもらいたいんだよ。そうすれば、少なくともみんなが、ずっと話をする仲でいられるからね」

「わたしの娘」と言った。それまでは、いつも「あんたの母親」とか「リーザ」とか呼んでいたのに。ふいに、あたしにはっきりわかったことがある。ぞーっとするような、おそろしいことが。

プタは、キャットが大好きだって、たしかに言った。でも「あの人」のほうが、あたし以上に好きなのに違いない！

あたしは叫《さけ》びたかった。汚《きたな》い言葉を叫《さけ》んで、じだんだ踏《ふ》んで、キーッと悲鳴《ひめい》をあげたかった。でも、なんにも言わなかった。あたしは、じっと座ったまま、汚《よご》れたお皿をにらんでいた。

プタは、あたしのうなじをなでながら言った。

「キャット、約束するよ。できるかぎりのことはやってあげる。しょっちゅうここにきて泊まればいいし、ギリシャにも行こうね。今までとおんなじに。ただ、うちが二軒あるってだけじゃないか。それに、キャットには心配してくれる大人が三人もいるんだよ」

「あらま、それはすてきだこと！」

できるだけつっけんどんに言おうと思ったのに、喉《のど》にものがつまったような声になってしまった。あたしは座ったまま体をよじって、プタのお腹《なか》に顔をうずめた。プタはあたしの頭をいつまでもしっかりだいていた。何も言わずに。

9　ロージーの提案

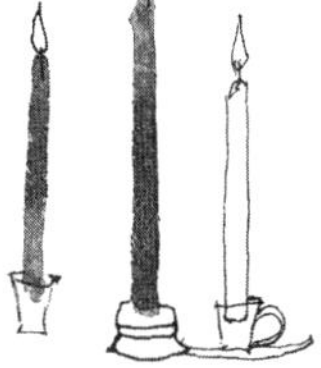

　あたしはあらゆる計画を立ててみた。ギリシャに逃《に》げようか。格安の航空券を買えるくらいは、郵便貯金がたまっている。それとも、列車でフランスからイタリアに行き、アーンコウナからパトラスへフェリーでわたって、それから地元のバスに乗ってもいい。自分のパスポートは持っているし、別荘《べっそう》の鍵《かぎ》はタヴェルナのエレーニとコスタス夫婦にあずけてある。
　ただ困るのは、村じゅうの人があたしの顔を知っているということ。一本電話をかけられたら最後、あたしは国際刑事警察《こくさいけいじけいさつ》にたちまち追いつめられるだろう。イギリスに飛行機で送り返され（たぶん、手錠《てじょう》をかけられて）、それから、テレビのニュースに顔が映《うつ》る。ブタは恥《は》ずかしがるだろうな、きっと。
　ロンドンの街に消えるほうが、まだかんたんだし安全かもしれない。ほかの家出した子どもたちみたいに、お店の前に寝たり、ダンボール箱で暮《く》らしたりする。温かい寝袋を持ってるから、凍《こご》え死《じ》んだりはしないはず。

でもロージーは、すぐに追跡《ついせき》されてつかまっちゃうわ、と言った。

「そういう子どもたちの家族って、たいてい子どもがどうなってもへいきな人たちなのよ。でも、あんたのおばあちゃんは違うわ。キャットを見つけてくれるまで、しつこく警察に通いつづけるにきまってる」

もうひとつ考えられる隠《かく》れ場所《ばしょ》は、イギリスの中のロンドン以外の街。たとえば、マンチェスターとかグラスゴウとか。そして、だれかの家の炊事《すいじ》や掃除《そうじ》や子守をする。新聞にはいつも、子守や家事の手伝いを探す広告がどっさりのっているからね。

でも、ロージーは言った。

「キャットは大人に見えないからだめよ。やとってくれる人がいたとしたって、きっとお手伝いをなぐったり、食べ物をくれなかったりして、仕事のないときには鍵《かぎ》をかけて閉じこめておくような人にきまってる。それに、おばあちゃんがあんたの写真を、いやっていうくらいあちこちに貼《は》りまくるわね。警察署の外とか。それからテレビにもだしたりして」

つまりロージーは、わたしにはいい考えがあるのよ、と言いたいわけ。ロージーの家の軒下《のきした》に、ちょっと空いているところがある。小さいころ、あたしたちはいつもそこで遊んでいた。軒下《のきした》でキャンプをしたり、トムから隠《かく》れたり。でも、今はだれも使っていないし、物置《ものおき》にするのにも狭《せま》くて具合が悪い。

「だから、あそこに隠《かく》れるといいわ。水のタンクの向こうに寝袋を置く場所があるし、食べ物は、わたしがこっそり持っててってあげる」

食べたり寝たりするほかに、人間にはもうひとつやらなきゃいけないことがあるんだよ、とあたしは教えてやった。もし、ロージーがあたしに気を使ってトイレという言葉を言えなかったのなら、どうかしている。あたしのこと、そんな気どり屋だと思ってたわけ!

ロージーはちょっとむっとして、わたしだってもちろんわかってるわよ、と言った。真夜中とか、家にだれもいないときに、こっそりトイレに行けばいい、緊急《きんきゅう》のときにはおまるを用意しとけば、だって。

あたしは、フーンと鼻で笑ってやった。すると、ロージーはため息をついた。

「ほんとはね、ひとつだけキャットにできることがあるのよ。わたし、お母さんにきいてみたの。だから、たぶんまちがいないと思うんだけど。でも、もしかして……」

自信がないらしい。ぜんぜんいつものロージーらしくない。

「もしかして、何よ?」

「うーん、わかんない。ただ、わたしはあんまり……」

「いつまでもそんなふうにしてるんなら、あたし、サルになっちゃうもん」

あたしは脇《わき》の下をかきながら、ホッホッ、キャッキャッとわめきだしてやった。

ロージーはとたんに厳《きび》しい顔になった。

「動物をばかにするのは、よくないわよ」

「サルは動物じゃないよ。あたしたちの親せきですよーだ」

「わたしたちだって動物でしょ。ばっかじゃないの、あんたって」

「わかったよ、わかりましたよ」とあたしは言った。「もしもあんたが、のけぞるくらい、すんごい脳みその持ち主だったら、そのぴかぴかの脳みそをちょっぴり使って、お母さんがひとつだけあたしにできるって言ったこと、教えてくれるかな! 大ボケ女でもわかるように、やさしい言葉を使って、いったいなんのことか、ちらりとでもいいから。それから言っとくけどね、おサルさんにそんなにやさしくするんなら、あたしみたいな天然ボケだってちょっとは傷つくってこと、わかっていてほしいもんだね！」

ロージーは、にっと笑った。

「いいわ。じゃ、ボケ子ちゃんに教えてあげる。うちのお母さんが言ったのは、弁護士のところへ行ったらどうかってことよ。どんな弁護士でもいいの。ほら、大通りに事務所があるじゃない。お母さんが言うには、弁護士は子どもたちの言いぶんもきかなきゃいけないっていう、新しい法律ができたんだって。子ども自身が、どこに住みたいとか、だれと暮《く》らしたいとか、そういうことを言えるってことよ。お母さん言ってたけど、離婚《りこん》する人たちが昔よりずっと増えたから、そういう新しい法律を作ったんだって」

「だって、あたしの両親は離婚《りこん》してないもん」

ロージーは、あんたってどうしようもないばかだねって顔で、目をぐるりとまわして宙をにらんだ。

「おばあちゃんやおじいちゃんと住みたい、っていうのもアリなの。おばさんやおじさんとかもね。だれと暮《く》らしたいかだけ、言えばいいのよ。理由がなくちゃだめだけどね、キャットとおばあちゃんみたいに。ほら、おばあちゃんはあんたを小さいころから今まで、ずうっと育ててきたわけでしょ。でも、うちのお母さんが言ってたわ。法廷《ほうてい》で自分の娘と争うのは、おばあちゃんにはつらいことでしょうね、って」

あたしは法廷《ほうてい》というところを想像してみた。真っ赤な法服《ほうふく》を着てかつらをつけた裁判官が、高いところから半月形《はんげつがた》の眼鏡《めがね》ごしに、下にいる人たちを見おろしている……。

「あたし、証人席に立って、聖書の上に片手を置いて宣誓《せんせい》してから、ブタといっしょに暮《く》らしたいです、って言うんだね」

とたんに、あたしはすっごくわくわくしてきた。

「ほんとにそうさせてくれるのかな？　ねえ、ほんとにあたしの言うこと、きいてくれると思う？」

「わかんない」と言ってから、ロージーは急にそわそわしはじめた。

「うちのお母さんはただ、キャットみたいな子は、弁護士を頼《たの》めるんじゃないかなって言っただけだもの。そんなに真剣《しんけん》に考えてたわけじゃないと思うわ。もちろん、お母さんがうそをついたって言ってるんじゃないわよ。お母さんがそんな人じゃないの、キャットだって知ってるよね。つまり、わたしとふたりでいるときに、そう話してくれただけってこと。ほら、わたしやトムがわからないことをきくと、答えてくれるようにね。だから知ってるの。お母さんは、キャットにそう教えてあげなさい、って言ったつもりじゃないと思うのよね」

あたしにはピンときた。ロージーはしゃべったのを後悔《こうかい》しているんだ。なにしろもめごとが大きらいな子だから。それに、自分がしゃべったことが原因でもめごとがおきたらと、それも心配しているらしい。

「だいじょうぶだって！」とあたしは言った。「ロージーが手伝ってくれなくてもいいよ。どこからそのことを知ったかってことも、言わないから。あんたのこと、言いつけたりしない。だから、あたしに話したってことも、もう忘れちゃいなよ」

たぶん、あたしは腹を立てていたんだと思う。ロージーのことを、もっとよくわかっていたはずなのにね。たしかに、もめごとはきらいかもしれないけど、ロージーはぜったいに、あたしをひとりぼっちにして逃《に》げるような子じゃないのに。

殉教者《じゅんきょうしゃ》のような苦しいため息をひとつついてから、ロージーは言った。

「わたしもいっしょに行く。あたりまえでしょ。あんたよりわたしのほうが年上に見えるし、わたしがそばにいなかったら、キャットって、どんなばかなこと言うかわからないからね」

探しはじめると、弁護士って、そこらにやたらにいるものだということがわかった。地下鉄の出口に弁護士事務所があるなんて前には気がつかなかったし、大通りにもふたつあった。それから、横町にある、毎日真夜中まで開いてる小さなスーパーの脇《わき》の、日曜大工の店の二階にもひとつ。

ほかの事務所はどこも人きくて、ぴかぴかの窓としゃれた入り口がついてるのに、横町にある事務所だけは違った。日曜大工の店の脇《わき》に汚《きたな》いしんちゅうの郵便受けのついた、しょぼくれたドアがあって、ベルの上に大文字で〈パーキンズ・トウィンクル法律事務所〉と書いたカードが貼《は》ってある。

「ここはだめね。この人たちは、あんまり尊敬できないっていうか……」

ロージーは顔をしかめて、ぴったりの言葉を探している。

「……あんまり力がないっていうか」

それから、結論をくだした。

「つまりね、キャットはまだ子どもでしょ。だから、すっごく力があって、えらい弁護士じゃなくちゃだめなのよ」

ロージーがこれだと決めた事務所は、大通りのウルワース・デパートの隣《となり》にあった。名前は〈マルコム・ペイジ・スレッドニードル総合法律事務所〉という。

「英国銀行だって、スレッドニードル通りにあるのよ」とロージーは言った。

それとこれと、どういう関係があるのかわからなかったけれど、もしかしてロージーは、あたしの知らない何かを知ってるのかもしれない。だから、だまっていた。それに、なんにも知らないのね、とばかにされるのにもいいかげんうんざりしていた。

あたしたちは、水曜日の午後、学校からの帰り道にマルコム・ペイジ・スレッドニードル総合法律事務所に寄ることにした。あたしはトムにもいっしょにきてもらいたかった。でもロージーは、三人で行くと、ゲームとか、度胸試《どきょうだめ》しをやっているんだと誤解されると言う。だからトムには、ふたりだけの相談があるから、マクドナルドに寄ると言った。

トムはぜんぜん気にしなかった。三月にトムの誕生日がくるので、プレゼントの相談だと思ったのかもしれない（もしかして、ぜんぜんそんなことは考えなかったのかも。だって、あたしにわかるわけないよね。こういうことを書いてるからといって、何から何まで知る必要はないと思うな）。

とにかく、あたしが確実に知っているのは、トムがあわてず騒《さわ》がず、にやっと笑って口笛を吹きながら帰っていったこと。それだけ。


マルコム・ペイジ・スレッドニードル総合法律事務所は、このあたりでいちばんりっぱな事務所だった。事務所の名前が窓に金色の文字で彫《ほ》りつけられている。受付係はガラスのおりみたいなものの中にはいって、高いところに座っていた。ガラスがとっても厚いところを見ると、防弾《ぼうだん》ガラスにきまっている。あたしは背のびをして、受付の窓口に声をかけた。

「すみません。スレッドニードル弁護士さんと話したいんですけど」

ロージーがつついたので、すぐにつけ足した。

「マルコムさんかペイジさんでもいいんです。スレッドニードルさんがいそがしかったら」

受付係は、ぷよぷよ、たぷたぷした胸をした女の人で、濃《こ》い色の大きな眼鏡《めがね》をかけていた。金髪《きんぱつ》をちりっちりのアフロヘアにしていて、そのボリュームのものすごいことときたら。顔の

MALCOM, PAGE
AND
THREADNEEDLE

両側にボワボワアッとひろがっていて、両側のガラスにもう少しでくっつきそうだった。女の人はギョッとしたようだ。あたしが言葉をしゃべるとは思っていなかったのかな。すぐ横でロージーが声を殺して笑っているのが、体がブルブル震《ふる》えているのでわかった。

女の人が首を横にふると、髪の毛もゆっさゆっさと揺《ゆ》れた。すると、今度は片手をあげて、髪の毛をなでつけた。六センチくらいもある長い爪《つめ》は、まぶたと同じ緑色に塗《ぬ》ってある。

「弁護士は、お約束のないお客さまにはお目にかかれないことになってますのよ。でも、お嬢《じょう》ちゃんはお客さまじゃございませんわよね」

気どった声。きっと自分でいい気持ちになっているんだ。「お嬢《じょう》ちゃん」と呼んだことで、あんたは大切な客じゃないぞ、とはっきり宣言したつもりらしい。おまえは女だし、そのうえ子どもじゃないか……そう言ったら、このあたしが恥《は》ずかしさのあまりコロッと死んでしまうとでも思ってるの！

あたしは言ってやった。

「まだお客さまじゃないですよ。でも、だれでもいいんだけど、ここの弁護士に会ったら、その瞬間《しゅんかん》からお客さまになると思うんだけど」

ロージーが勇敢《ゆうかん》にも、横から応援《おうえん》してくれた。

「わたしたち、どなたかがひまになるまで待っててもいいんです。とにかく、急いで相談したいんです」

受付係はロージーの顔を見て、おやっというように顔をしかめた。それから、おもむろに言った。

「知ってるわよ、あなた。たしか、お母さんはお医者さんよね。わたしも診《み》てもらってるのよ。お母さんは、あなたがこんなことしてるのごぞんじなの？」

「弁護士に相談したいのは、あたしです」

あたしがそう言ったのに、受付係は無視した。それから、前へ身をのりだしたので、受付係の大きな胸はデスクのふちでぺしゃっとつぶれた。受付係は、悪意にみちた、ねばっこく、いやらしい声で、ロージーに言った。

「さっさとでてくのよ、この悪ガキを連れて。じゃなきゃ、あんたが大通りで悪さをしてるって、お母さんに電話で言いつけてやる！」

学校の制服を着ていったのがマズかったわね、とロージーは言った。でも、そうじゃなくたって、マルコム・ペイジ・スレッドニードル総合法律事務所の態度は変わらない、とあたしは思った。

「あんなに気どった事務所、あたしたちには向いてないよ。毛皮を着てダイヤモンドをつけてなきゃ、あの恐怖《きょうふ》の生物の前はパスできないんじゃないの。あんなやつ、とても人間だとは思えない。人間なら緑の爪《つめ》なんかしてないもん。エイリアンだよ、ぜったい」

「うちのお母さんが言ってたのにな。法律で、子どもたちの言うことをきかなきゃいけないことになったって。だから、あの女の人、法律をやぶってるってことになるわね」

あたしたちは横町に曲がっていた。パーキンズ・トウィンクル法律事務所の前にくると、ロージーが言いだした。

「キャット、ひとりで行ったほうがよくない？　わたし、マクドナルドで待ってるわ」

「よわむし！」とあたしは言った。「だいたい、ロージーが始めたんじゃない。あたしについてこなきゃだめ」

ベルをおしたのに鳴らない。あたしがドアをおすと開いた。中にはいると、古ぼけた、ハエのフンでぽちぽち汚《よご》れた紙が貼《は》ってあって、上を指さした片手の絵がついている。

ベルが故障していたら、まっすぐ二階におあがりください。
待合室は左手、トイレは右手。

狭《せま》い階段は、ほこりっぽくて暗かった。上まであがると、待合室のドアが開いていた。雑誌をのせたテーブルがあって、すみの椅子《いす》でおじいさんが口を開けていねむりしている。ドアがもうふたつあった。ひとつはトイレのドア。もうひとつにはライオンの頭のノッカーがついている。

「たたいてみて」とロージーが言った。

たたくと、ドアは揺《ゆ》れた。カチッという音がして、ブーンとブザーが鳴るとドアは開いた。

またもや、ほこりっぽい階段。

上から女の人の声がふってきた。

「ホーンズワドルさんでしょう？　心配しないで。すぐにおりてくわ」

「あたし、カトリアオーナ・ブルックです。弁護士さんに相談したくてきました」口の中がからから。「だいじな用事です。もしかして、トウィンクル弁護士さんですか？」

「パーキンズよ。トウィンクル弁護士はもうひとりのほう」

声の主は階段の上に立っていた。背の低い、太った女の人で、かなりの歳だけれど、そんなに年寄りでもない（つまり、ロージーのお母さんより歳だけど、プタよりは若いってこと）。白っぽくて、ふさふさした髪のうしろから日があたっているので、まるで後光《ごこう》がさしているように見えた。

「ブルックさん。階段をあがって事務室にいらっしゃい。お友だちもいっしょに」

まるで、制服を着た中一の女の子が弁護士に会いにくるのは、よくあるあたりまえのできごとみたいな話し方だ。

階段の上にはふたつドアがあるのに、部屋はひとつだけだった。細長い、納屋《なや》みたいに天井の高い部屋で、大きな天窓《てんまど》から日光がさしこんでいる。どの壁《かべ》も本でびっしり、床《ゆか》には書類の山。背が高くて、やせた男の人（身長はパーキンズさんの三倍、幅《はば》は二分の一）が本棚《ほんだな》のはしごにあがって、いちばん上の棚《たな》に手をのばしている。

「さあさあ、はいって」と男の人は言った。「足もとに気をつけてくださいよ。今『片づけ直し』をしてるとこなんです。パーキンズ弁護士に言わせればね。わたしは今までのほうが、非常に能率的に、きちんとめちゃくちゃになってて便利なのにって言ってるんですけど」

男の人は手をこすってほこりをはらい落としてから、はしごをおりてきた。それから、ロージーとあたしを首をかしげながらしばらくながめてから、口を開いた。

「『きちんとめちゃくちゃになってる』なんて言葉、あると思いますか？　わたしに言わせれば、これこそ『矛盾《むじゅん》を内在《ないざい》させた言葉』のいい例なんですけどね。でも、哲学問答をしにいらしたわけじゃないだろうから、現実的な問題について語り合うとしましょうか。さあ、お座りください、おふたりとも。どれでもいいから椅子《いす》を探して、上にのってるものをほっぽりだして、かけてください」

すごくまじめな顔で話しているけれど、笑わせようと思ってるにきまっている。だって、あたしたちが笑いだすといかにも満足そうにうなずいたもの。それからトウィンクル弁護士は机の向こう側に座ると両ひじをつき、にっこりと、心からうれしそうな笑みを浮かべてたずねた。

「さあて、なんのご相談ですか？」

あたしは、どう返事したらいいかわからなかった。だいたい、相談したってちゃんと答えてくれるのかな？　こんなにへんてこな人たちが！　事務所の中だって、こんなにめちゃくちゃなのに！

　すると、パーキンズ弁護士が言った。

「ブルックさん、トウィンクル弁護士は、とても有能な弁護士なの。ほんとうよ」

　パーキンズ弁護士のひとみが、明るくきらっと光った。心の中を読まれてしまったのを知って、あたしは恥《は》ずかしくなった。思ってしまったのはしかたがないとして、もっとわからないようにしなければいけなかったのに。パーキンズさんとトウィンクルさんを傷つけたかもしれないと思うと、あたしは頭に血がのぼってわけがわからなくなった。そしたら、急にブタとお母さんとお父さんのことを、すらすら話せるようになった。

　話しているうちに、あたしは泣きだしてしまった。泣くのをやめようとしてもだめ。

「ごめんなさい」とあたしは言った。

　ロージーがあたしの手をにぎってくれた。パーキンズさんは、ポケットティッシュをわたしてくれてから言った。

「さあ、下へ行ってホーンズワドルさんに会ってこなきゃ。ふたりとも、待合室で会ったでしょう？　あのおじいさん、寝てた？」

あたしが鼻をぐずぐずいわせて泣いていても、パーキンズさんが知らんぷりしていてくれたのが、うれしかった。

「ぐっすりねむってました」とあたしは言った。「ノッカーでドアをたたいても、目を覚まさなかったの」

トウィンクル弁護士は、机の上にひろげた大きなノートに、なにやらぐくしゃぐしゃと書いていた。

それから顔をあげると、トウィンクル弁護士は、また気持ちのいいほほえみを浮かべた。この人はきっとすごく幸せな人なんだ、とあたしは思った。

「パーキンズ弁護士は、不動産みたいな財産関係の仕事のベテランなんですよ。契約《けいやく》とか著作権とか」とトウィンクル弁護士は言った。「わたしの専門は家族関係。お金はあんまりもうからないけど、わたしに言わせてもらえば、おもしろいことこのうえなし。だから、あなたの担当はわたし。もし、よろしければ……の話ですけどね」

「うちをでたくないんです」とあたしは言った「あの人たち、あたしにそうさせることができるんですか？　つまり、あたしの両親のことだけど。そうするの、やめさせてもらえます？」

突然、おそろしいことが頭をよぎった。「お金」という言葉がトウィンクル弁護士の口からもれるまで、そんなことは考えてもみなかった。たぶん、あたしは、弁護士に相談するのは、国民健康保険で病院で診《み》てもらうのと同じで、無料だと思っていたに違いない。なんにも知らない、大マヌケだよね、あたしって！　だいたい、こういうことは学校で教えるべきだと思わない？　化学や数学はどうでもいいから（あたしは化学と数学が大きらい）。

「お金、すごくかかりますか？」ときいてから、去年の冬、雨もりしたときにプタが屋根屋さんに電話で話していたことを思いだした。

「あの、見積もりをいただけますか？」

「ざっとならだせますよ」とトウィンクル弁護士は言った。「でも、あなたがたいへんな収入を得ているんじゃなかったら、法律扶助《ほうりつふじょ》を受けるべきだと思いますよ」

トウィンクル弁護士はノートをのぞいた。

「まず、いくつか知っておきたいことがあるんだけど。お母さんやお父さん、あるいはおばあさまは知ってるんですか？　あなたが……その、なんて言ったらいいかな……つまり、法律の保護を求めようとしていることを。わたしは、なかなか積極的でいいことだと思うけど、だれもがそう思うとは、かぎりませんからね」

あたしは首を横にふった。

「両親には話すつもりはありません。ぜったいに」

「おばあさまには？」

そんなの、もっとむずかしいじゃない。

「おばあちゃんは何もしないと思います。あたしが、法律で守ってくれるかなってきいたら、そのとおりだけど、自分はそういうことはしないって言ってましたから」

トウィンクル弁護士はうなずいた。

「うん、そうだろうな。あなたのおばあさまは、そうお若くはないはずだものね。どっちにしろ、昔ほどは若くない。お年寄りは、法律による解決なんて考えただけで震《ふる》えあがるものですからね」

ロージーとあたしは笑いだした。ブタが何かに震《ふる》えあがるなんて、考えただけでおかしい。

トウィンクル弁護士は、びっくりしたようだった。

「震《ふる》えあがったりなんかしません」とあたしは言った。「おばあちゃんは、こわいものなんか、なんにもない人ですから」

娘のことはこわがっているけどね、とあたしはお腹《なか》の中で言った。自分の娘、つまりあたしのお母さんのことだけは！

「ていうか、おばあちゃんは、あたしたちみんなに、けんかなんかしないで、仲良くしてもらいたいって思ってるんです。それから、あの人たちが自分の悪口を言うかもしれないって思ってるのかも」

「たとえばどんな？」

あたしは、そんなこと、どうでもいいじゃない、というように肩をすくめてみせた。

「歳をとってるとか……それから……わかんないけど」

トウィンクル弁護士はするどい目で、あたしの顔を見つめた。それだけじゃないだろうな、と気がついたように。でも、こう言っただけだった。

「ブルックさんは、どれくらい長いあいだ、おばあさまといっしょに暮《く》らしてるんですか？」

トウィンクル弁護士がした質問に、あたしがどう答えたかをぜんぶ書き留めても、たいくつだよね。あたしの年齢とか、どれくらい両親に会いに行くのかとか、両親の仕事とか、お誕生日やクリスマスやそのほかのお休みはだれといっしょに過ごすのかとか……。

でも、こういったあたりまえの質問をどっさりされたあとに、ほかの質問が待っているんだと気がついたとたん、うんざりどころではなくなった。それは、あたしの答えたくない質問ばかりにきまっているから。

たとえば、校長先生がプタのところにきて、あたしの育て方に文句を言ったことは、トウィンクル弁護士には話したくなかった。犬用のラスクを食べさせたとか、頭のおかしな患者《かんじゃ》とあたしをふたりっきりにさせたとか。それから、ウィリアム・グリーンのようないい子、それも名前に「サー」がつくほどの重要人物の息子を、プタが脅迫《きょうはく》したとか！

質問が急に止まった。トウィンクル弁護士はじっとあたしの顔を見つめながら、ペンのおしりで歯をコツコツたたいている。両方の目じりにしわを寄せているけれど、笑っているんじゃなくて、考えているんだ。やっと、トウィンクル弁護士は口を開いた。

「あなたは、おばあさまのことが大好きなんですか？」

あたしはどぎまぎしてしまった。ロージーだって。横目でロージーを見ると、ほっぺたが真っ赤になっている。

思わずハアッと大きく息を吐《は》いたけれど、トウィンクル弁護士は許してくれない。片方の眉《まゆ》毛《げ》をあげ、礼儀《れいぎ》正《ただ》しく返事を待っている。

あたしは、かっとなった。

「あたりまえでしょ、血がつながってるんだから！」

「ご両親だってそうでしょう? でも、あなたのご両親に対する気持ちは『大好き』というものとは、いえないような気がするんだけどな。正確に、厳密にいうとなると」

「ほんとうに好きじゃないんだもの……」

あたしは口ごもった。トウィンクル弁護士の顔を、まともに見ることができなかった。父親や母親についてこんなふうに言うのが、おそろしいことだってくらいわかってる。トウィンクル弁護士は、あたしもそういうおそろしい子どもなんだと思うかもしれない。もう、けっして助けてくれないかもしれない。さっと立ちあがって「とっとと帰れ！」とかみなりのように怒《ど》鳴《な》って、ドアを指さすかも……。

トウィンクル弁護士は、今まで以上にゆっくりと、慎重《しんちょう》に話しはじめた。

「あなたのご両親は、自分たちといっしょに住むよう、あなたに要求する権利があるんですよ。もし、あなたがほかのだれかと住みたいなら『居住命令』といって、そのだれかと住みなさい、と命令する書類が必要になる。あなたは未成年だから、高等法院《こうとうほういん》という第一審裁判所《だいいっしんさいばんしょ》に行って、この命令を申請《しんせい》する許可を裁判官にもらわなければいけない。裁判官が同意してはじめて、申《しん》請《せい》ができることになるんです。この段階でご両親は異議を申し立てることができる……」

トウィンクル弁護士は言葉を切って、あたしの顔を見た。

「わかりましたか？」

「はい」とあたしは答えた。「あたし、証人席に立って、聖書に片手を置いて神さまに誓《ちか》います。おばあちゃんといっしょに住みたいって」

もう「たいくつ」なんて言ってる場合じゃないよ！　今、トウィンクル弁護士と話しているのは、あたしの人生で最高の、胸わくわくの大イベントのことなんだから！　証人席には、何か踏《ふ》み台《だい》を用意してほしいな。なんだ、小さな子どもじゃないかって思われたくないから。あの白いカシミアのセーターを着てったらいい？　それとも、濃《こ》い色のもののほうがいいかな。GAPで買った、濃《こ》いグレーのTシャツは？　シンプルだけどおしゃれだから。プタがあのブローチを貸してくれたら、肩のところにとめようっと。

トウィンクル弁護士は、首を横にふった。

「ブルックさん。がっかりさせて悪いけど、宣誓《せんせい》やなんかは、ぜんぶわたしがするんですよ。これも、子どもだからという理由でできないことのひとつでして。法律というものは、なかなか親切に、賢《かしこ》く作ってあってね。あなたのような歳の人たちを証人席に立たせたことが、あとでトラウマになると困ると考えてるんですよ。それから、こういう家庭の問題を扱《あつか》うと、とかく法廷《ほうてい》で劇的な場面がくりひろげられるから、そういうものを子どもたちに見せるのは好ましくないということになってるんです。だから、あなたが話したいことは、ぜんぶわたしに話してもらう。裁判官がたまたまブルックさんに話を聞きたいと思ったときだけ、きくかもしれないけどね。ただし、裁判官の私室で。もちろん、裁判官はかつらはかぶっていませんよ。あなたがこわがるといけないからね」

ばかに重々しい話し方をしていたけれど、トウィンクル弁護士の目は笑っていた。

「それって、ばかみたいじゃないですか？あたし、かつらなんてちっともこわくないもん」

「あなたはそうでしょうね、ブルックさん。つまらないことまでこわがるようなタイプじゃない。あなたはきっとすばらしい証人になると思いますよ。でもね、手続きを進める前に、これからどうしたらいいか、ひとつおばあさまと相談してくれませんか。おばあさまに何も言いたくない気持ちはわかります。あなたのこまやかな心づかいは、りっぱだと思いますよ。でもね、いくらお年寄りを動揺《どうよう》させたくなくても、この場合は……」

ここで、突然ロージーが口をはさんだ。これ以上だまっていられるものか、というように怒った口調で。

「キャットのおばあちゃんは、ただのお年寄りと違います！」

この事務所にはいってからロージーが口をきいたのは、これが初めてだった。トウィンクル弁護士は、あっけにとられている。

「ロージー、だまっててよ！」

ロージーはやめない。

「キャットが言おうとしないから、わたしが言うのよ。トウィンクルさんに、おばあちゃんの名前を教えてあげたらどうなの？ おばあちゃんは、デーム(注)・ハリーナ・ルーボーニアスカっていう有名な人で、おばあさんとかお年寄りなんて言われるような、ふつうの人じゃないん

（注）デーム…「ナイト」と同等の勲位《くんい》を授かった女性に用いる敬称。

だって！」

「ロージー、くだらないこと、言わないでくれる？　もしおばあちゃんがプタじゃなくって、ふつうのお年寄りでも、あたしにとって大切な人に変わりはないんだよ」

「そういう意味じゃないわ。トウィンクルさんがそういうことを知らないのは、不公平だって言ってるの。だましてるのとおんなじよ。つまりね、トウィンクルさんはキャットのことを、ちゃんとした大人に面倒《めんどう》みてもらえない、かわいそうな女の子だって思うかもしれないじゃない？　頼《たよ》りにならない、貧乏《びんぼう》なおばあちゃんしかうちにいなくて……」

あたしはもう、かんかんに怒った。

「あたし、だましてなんかいないよ。あんたって、なんてひどいやつなの！　あたしだって、プタが頼《たよ》りにならない年寄りだなんて思ってない。けど、プタだって、悲しいと感じる心は持ってるんだよ。法廷《ほうてい》で自分の娘と争うのはつらいでしょうね、って言ったのは、あんたのお母さんじゃない！」

トウィンクル弁護士が口をはさんだ。

「ブルックさん。あなたがわたしをだましてるなんて、これっぽっちも考えてませんよ。何もかも話してくれたわけじゃないかもしれない。でも、わざと言わなかったんじゃないんだものね。それでも、ロージーさんにはお礼を言わなくちゃ。たしかに、わたしもルーボーニアスカ教授のことは知ってますよ。じっさい、ついこないだの朝、ラジオで話していらっしゃるのを聞きました。心を病んでる人たちに地域社会がどう手を差しのべるべきかという話でした。ブルックさんも、このことについておばあさまがどういう考えを持っていらっしゃるか、ごぞんじでしょう？」

あたしはうつむいて、ひざの上に組んだ両手をじっとにらんだ。ちらっと横目で見ると、ロージーもあたしと同じくらい気まずい顔をしている。よく知らない人の前でけんかするなんて、恥《は》ずかしいことをしてしまった。

トウィンクル弁護士が口を開いた。

「ルーボーニアスカ教授のお考えについては、次の機会に議論するとしましょうか。『二』のところにアクセントがあるんですよね？　違ったっけ？　ところでブルックさん。なぜ、おばあさまのことを『プタ』と呼んでいるのか、話してくれますか？『プタ』ってなんですか？　わたしは聞いたことがないけれど」

「あっ、なんでもないんです」

あたしは口ごもった。

でも、ロージーがふふっと笑ったのを見て、気分がよくなって勇気がでた。

「それって、うちだけで使ってる名前なんです。小さいときに、あたしがそう呼びはじめたんです。けど、だんだんなんていうか、ある意味でとっても特別な人のことをさす言葉になって……有名で、力がある人。いろんなものを変えていく力ってことですけど。たとえば、裁判官とか、警察の人とか……」

「弁護士とか」と言って、ロージーがにっと笑った。

ロージーったら、いつもみたいに、いいタイミングでぴったりのことを言ったから、すっかりうれしくなっちゃって！　トウィンクル弁護士がノートにせっせと何かを書いているので、あたしはロージーの足首を、いやっというほどけとばしてやった。

ロージーが「きゃっ」と声をだしたので、トウィンクル弁護士は顔をあげた。はてなというように眉《まゆ》をあげているけれど、何がおこったのかちゃんとわかっているに違いない。

「ホーンズワドルさんの仕事も、すぐに終わるから、パーキンズ弁護士もまもなくあがってきますよ」とトウィンクル弁護士は言った。「今日はわたしがお茶当番なんです。おふたりも、手伝ってくれますね。ええと……たぶんね、クリスマスの残りの、ミンスパイがあると思うんですよ」

10　くだらない新聞記事

「トウィンクル弁護士のお父さんなら、わたしも知ってるよ」と、プタは言った。「それとも、おじいさんかな。ともかく、この家を買うときに手続きをしてくれたのが、トウィンクルさんという弁護士だったの。もう、ずいぶん昔のことだからねえ」

こうも言った。

「そのころはトウィンクル・トウィンクル法律事務所だったよ。パーキンズさんという弁護士はいなかった。でも、事務所のようすは覚えてるよ。キャットの説明を聞くと、たいして変わっていないようだね」

そして「トウィンクル弁護士の一族というのはみんな、一見めちゃくちゃのようでいて、じつはとびきり整理された頭脳《ずのう》の持ち主なんじゃないかね。ある人にはめちゃくちゃに見えるも

のでも、見る人によっては、順序よく整ってるってこともあるからね」

それから「たくさんの事務所の中からあの事務所を選ぶとは、賢《かしこ》い！　悲しみにくれる乙女《おとめ》を救いに馬で駆《か》けつけてくれるのは、ああいう人たちなんだよ」

ブタはソファに寝そべっていた。足もとには犬のアンバーがまるまり、ひざには猫《ねこ》が二ひきのっている。ブタは、とびきり毒の強いフランスのタバコを吹かしながら、いかにもブタらしい、謎《なぞ》めいた微笑《びしょう》を浮かべていた。


「怒られるかと思ってたよ」とあたしは言った。「ブタは、なんにもしなくていいんだよ。これからどうすればいいかは、あたしからきくって、トウィンクルさんは言ってたから。つまり、あたしがこうしてほしいと頼《たの》んだことを、トウィンクルさんがやってくれるってわけ」

そして「これは、最初はロージーが考えたことなの。弁護士は子どもの言いぶんをきかなきゃいけない、っていう法律があるって、お母さんが教えてくれたんだって」

それから「あ・の・ひ・とを、怒らせたくないんでしょう？　自分の娘だもんね！　だったら、けんかみたいなことしたくないよね。だから、あたしはブタにないしょで、トウィンクルさんの事務所に行ったの」
そのあと「あたしは、あの人たちといっしょに暮《く》らしたくないの。プタやこのうちからはなれるのはいや。アンバーともサリーともウィルキンズとも。そんなことするくらいなら、死んだほうがましだよ」

その晩は、いつもより遅《おそ》くベッドにはいった。プタは、ずっとあたしの部屋にいてくれた。ねむくなったので、あたしはもうだいじょうぶだからねむったらと言ったけれど、プタがそのまま部屋にいてくれたので、ほんとうはうれしかった。プタがベッドのすぐそばに座って、やわらかいあかりで本を読んでいるけはいを感じていると、なんだか気持ちが落ちついて、ほっとした。それに、プタはずっといてくれるんだ、永遠にとはいえなくても、生きているかぎり、そしてあたしがのぞむかぎりいてくれるんだと思うと……。

朝になったら、プタはトウィンクル弁護士に話をしに行ってくれることになっていた。それから、お母さんとお父さんのところにも。

プタはこう言ってくれた。

「このままわたしといっしょに住むのが、キャットにはいちばんいいって、ふたりを説得してみるよ。でも、もし説得できなかったら、トウィンクルさんに居住命令を申請《しんせい》してくれるように頼《たの》めばいい。いったんそういうことになったら、キャットとわたしは、雨あられとふりそそぐ弾丸《だんがん》の中を、いさましく進撃《しんげき》するんだよ！」

プタは、あたしのためにわざとふざけて、声をあげて笑った。でも、あたしにはわかっていた。プタはほんとうは戦争なんかしたくない。それに、どういう形にせよ、あたしをいざこざに巻きこむようなことは、したくないにきまっていた。

そのあと、ベッドのあたしがもうねむりかけてたとき、こうも言った。

「キャット、わたしだって、こんなこと考えるのはもうやめなさいとは言えない。できるわけないからね。でも、あとはもうおばあちゃんの仕事、このプタにすべて任せたんだって、できるだけそう思って、自分にも言い聞かせなさいよ。プタが何もかも、ちゃんとやってくれるんだからってね」

さあさあ、お嬢《じょう》ちゃん、もう外に行って遊びなさいな。これは大切なことよ、大人が考えることなの。こんなことであなたのかわいい頭を悩《なや》ませちゃいけないわ……。

べつに、そのときこんなふうに考えたわけじゃない。ぴったりそのときはね。だって、プタはベッドのそばにいてくれるし、今まで背おってきた、ばかでかくて重い荷物をプタが取りのぞいてくれたし……と思って、あたしはほくほくと大満足していたから。むらむらと怒りがこみあげてきたのは次の朝、学校へ行く途中《とちゅう》で原っぱを横切っているときだった。大人たちって、どうしてあたしぐらいの歳の子を、なんにもわからない赤ちゃんみたいに扱《あつか》うんだろう！　子どもたちはみんな明るく幸せに暮《く》らしていて、暗くて危険なことなんかこれっぽっちもあるはずないって信じてるわけ！

いつも物ごとをきちんと考えているプタまで、あたしにはもう考えるのをやめさせるべきだと思っている。世界じゅうのだれよりも、このあたしにとっていちばんだいじな問題だというのに。それなのに、さあおもてへ行って石けりやボール遊びをしなさい、もう心配しないでいいのよ……そんなことよく言えるね！

ほらほら、かわいいキャットちゃん、もう学校へ行きなさいな。かわいらしくて、むじゃきな子どもの暮《く》らしにお戻りなさい……。

だいたいプタは、鼻くそウィリーや毛耳のことを忘れたのかな、とあたしは思った（すぐに反省したけどね。だめだめ、キャット。ウィリアム・グリーン君とボールドリー先生でしょ）。たしかに学校でおきることなんて、大人の現実の生活にくらべたら、たいして深刻じゃないかもしれない。戦争とか飢饉《ききん》にくらべれば（お母さんやお父さんとの問題だって、もっと深刻かも）。でもそのとき、ウィリーとのことが、あたしの目の前にけっこう重苦しく立ちふさがっていたのは、事実だった。学期なかばの休暇《きゅうか》が終わってからは、あたしはできるだけウィリーにかかわらないようにしていた。目の前にいても、ウィリーの体をとおして向こう側を見ているようなふりをしていた。でも、ボールドリー先生は、ウィリーほどかんたんには片づかないだろう。

サー・アーチボルド・ウェリントン・プランケット・グリーンが、とっくみ合っているトムとウィリーを引きはなし、めそめそ泣いている息子を引っぱって、もう一度校長先生に文句を言いに行ったあのときから、ずいぶんいろんなできごとがおこった。だから、あの事件をあたしはもう忘れかけていた。ボールドリー先生は、校長室にあたしを呼びだしたりはしなかったけれど、自分からプタに会いにきて、自分はウィリーの味方だと、はっきりと宣言したという。

だから、何かがおこるのも時間の問題だろう。

でも、休み明けの第一日めの朝礼で、いじめ問題について長々と演説をしたところを見ると、ボールドリー先生は個々のいじめっ子（父親が学校の理事でもなく「サー」でもない、トムやあたしのような生徒）のことは、放っておくことにしたのかもしれない。

あたし自身は、もうウィリーのことなんか、どっちみち気にしていなかった。それは、自分でもわかっていた。初めての登校日にウィリーをぜんぜんこわがってないのに気づいて、自分でもびっくりしたくらいだ。

これは、ひとつにはトムとロージーのおかげだと思う。ふたりとも、そのことについてなんにも言わなかった。でも、放課後に校門で待ち合わせするときや運動場にいるとき、トムはいつもあたしとロージーにぴったりとくっついて、目を光らせていてくれた。

でも、ウィリーがこわくなくなったもうひとつの理由は、あたし自身の気持ちが変わったからだと思う。

あたしはロージーに言ってみた。

「休暇《きゅうか》が終わってから、あたし、ずいぶん大人になって、賢《かしこ》くなったような気がするよ」

そんなこと言うなんてばかみたいだってことぐらい、あたしにもわかってたけどね。ロージーはただ笑っただけだったけど、トムのほうは調子にのって、両手をバタバタさせてよろよろ歩き、頭を地につけてあたしをあがめるようなしぐさをした。

「おお、知恵の神キャットよ、賢《かしこ》き預言者よ！　こうしてみまえにまかりいでることを許されるとは、なんと光栄なこと！」

ロージーはカバンでトムの頭をぶった。

「ばっかみたい！　女の子は男の子より成長が早いのよ。そんなこと、だれだって知ってるでしょ」

トムはくすくす笑いながら、あたしが気を悪くしてないかどうか横目でうかがった。あたしは、にっと笑い返し、むくむくと元気がでてきた。もうウィリーなんか、ちっともこわくないぞ。ボールドリー先生も。あたしの恐怖《きょうふ》の両親だって。もっとも、両親のほうは、前ほど恐怖《きょうふ》ではなくなっていた。プタがぜったいに味方してくれるとわかったから。プタとトウィンクル弁護士のふたりが、あたしをリーザと父ちゃまから救ってくれる！

「もう、何もかもとってもいい調子になってきたよ。どうしてかわかんないけど、とにかくそんな感じがする」とあたしはトムとロージーに言った。

もちろん、それはとんでもないかんちがいだった。いつだって警戒《けいかい》をゆるめちゃいけないんだよね。何もかもいい調子だと思ったその瞬間《しゅんかん》から、わざわいがやってこないかどうか、しっかりと見張らなくてはいけないのに。

そしてこの日、わざわいは午前の授業が終わったときにやってきた。

午前の最後の授業は水泳だった。あたしたちは、スポーツセンターのプールからスクールバスで帰ってきていた。ロージーとあたしは、いちばんうしろの座席の真ん中に座っていた。バスはもう校門に到着していて、みんな棚《たな》から持ち物を取ろうと立ちあがっていた。

だれかが叫《さけ》んだ。

「見て！　リーザ・ブルックよ」

女の子の声。ホイッスルのように耳をつんざく、かん高い声。

みんな、そっちのほうを見ている。だれかが声をかけてきた。

「キャット、あの人、あんたのお母さんだよね」

あたしの座席からは、お母さんの姿は見えない。座ったまま、スポーツバッグからガサガサと何かを探しているふりをした。もう頭の中は真っ白だった。

「キャットを早くおろしてあげようよ。お母さんやお父さんと早く話したいでしょうから」

でしゃばりフィオナ。あたしの予備のタイヤ友だちの声。

「あんたなんか、もう友だちじゃない」あたしは小さくうなった。

ほかの子がまた言う。

「キャット、早く！　サインしてくれるように頼《たの》んでよ」

あたしは首を横にふった。ああ、地面が裂《さ》けてくれればいいのに。ロージーが耳もとで、早口で言ってくれた。

「ふたりともいるわよ。お母さんと、お父さんまで。でも、だいじょうぶ。車に乗るところだから。ボールドリー先生がさよならってあいさつしてるわ」

そこで、あたしも立ちあがった。みんな、窓のところまで道を空けてくれる。車は運動場の、先生用の駐車場《ちゅうしゃじょう》に停まっている。お父さんはもう運転席に座っていた。頭が動いているところを見ると、シートベルトをしめているらしい。お母さんは助手席のドアを開けてそばに立ち、ボールドリー先生の顔を見あげながら笑《わら》い声《ごえ》をあげている。真っ赤なマントを着て、真っ赤なベレー帽《ぼう》をかぶっている。

突然、バスのドアがシュッと閉まったので、あたしはほっと胸をなでおろした。運転手は校門の真ん前にバスを停めてしまったので、お父さんの車をとおすために動かさなければならなくなったのだった。

あたしは急いで座席に戻り、目をぎゅっと閉じて祈《いの》った。行って、行って、早くいなくなって……。

「校長に会いにきたんだぞ。おまえ、知ってんのか？」

男の子の声。あたしは目を開けた。ウィリーだ。つり革につかまっていたウィリーは、バスがキイッと急ブレーキをかけて止まったので、よろけて、あやうくあたしの上に座りそうになった。

あたしは返事をしなかった。

「ボールドリー先生がうちのおやじに言ったんだよ、おまえの親に話すって。おまえがやった、すっごい悪いことを言いつけるって」

「くさいんだよ、ウィリアム・グリーン。自分でお風呂にはいることもできないんなら、ママ

に入れてくれって頼《たの》んだらどうなのよ」

あたしがそう言ったとたん、ウィリーの顔色が変わった。さっきとは別人のような声でウィリーは言った。

「お母さんは死んだよ」

「だから、なんなのよ？」

関係ないよ、というように、あたしは肩をすくめた。

でも、涙をためたウィリーの目を見たら、関係ないふりはできなくなった。もっと前に気がついていなきゃいけなかったんだ！　そういえば、ウィリーを学校へ迎《むか》えにくるのは、いつもお父さんだけだったもの。

「ごめん」とあたしは言った。

「去年死んだんだ」

ウィリーは喉《のど》に何かつまったような声で言った。

でも、すぐにころっと態度を変えた。ウィリーだったらやりそうなことだけど。目をぱちぱちっとさせてから、ウィリーは叫《さけ》んだ。

「カトリアオーナ・ブルック、おまえって、ほんとうに最低だな。だいっきらいだ！」

くるっとうしろを向くと、ウィリーはバスをおりていった。

みんながバスからおりてしまい、残っているのはロージーとあたしだけになった。

「ウィリーが言ったこと、聞こえたわ。お母さんのこと、ほんとうだと思う？」

ロージーって、ときどきぎょっとするようなことを言う。

「ええっ、ロージー！　それってちょっといじわるすぎない？　そういううそをつく子なんか、いるはずないじゃない！　もし、ほんとうにそうなったらと思ったら、こわくて言えるはずないでしょ」

ロージーは顔をこわばらせた。でも、こう言っただけだった。

「早くバスをおりない？　もうだいじょうぶよ。みんな、急いで給食を食べに行っちゃったから。まったく、意地汚《いじきたな》いやつばっかりね」

でも、まだ五、六人の子が校門のすぐうしろにいて、あたしたちのほうを見ていた。くすくす笑っている子もいる。だから、あたしたちはその前をとおりすぎなければいけなかった。

フィオナもいる。手に持った紙きれをひらひらさせながら、フィオナはあたしに言った。

「キャットのこと書いてあるの知ってる？ 見せてあげようと思って、持ってきたの」

「キャット、そっちを見ちゃだめ。無視するのよ。まっすぐ食堂に行って、給食を食べるの」

ロージーに腕を引っぱられたけど、あたしは動けなかった。まるで足に鉛《なまり》の重りを入れられたみたいに。

フィオナはつづけた。

「ほんとうは、キャットのお母さんとお父さんのことを書いた記事だと思うんだけど、キャットのことも書いてあるのよ。日曜日の新聞にくっついてた付録《ふろく》。けさ、お母さんが新聞紙でゴミを包もうとして見つけたの。それでそこんとこだけやぶってくれたのよ」

記事は二ページある。お母さんとお父さんの写真が何枚かのっている。カメラを見ているのとか、お互《たが》いに見つめ合ってるのとか。新しい家の写真もあった。キッチンのが一枚、リビングのが二枚、それにあたしが寝ていた黄色い部屋のが一枚。それから、あたしの写真も。去年の夏、ギリシャでプタが撮《と》ってくれた写真だった。あたしは石垣《いしがき》に腰かけて、日光に顔をしかめている。プタは写真がじょうずではないので、かなり暗くて、ピンぼけの写真だ。

写真のあいだに記事がのっている。読みたがってるとフィオナに思われたくないから、あたしはできるだけすばやく目をとおした。記事のほとんどが、お母さんとお父さんが旅公演をつづけていた、つらく苦しかったころのことについてだった。地方や海岸の避暑地《ひしょち》を巡業《じゅんぎょう》していたこととか。それが、今は美しい新居に落ちついて、テレビのレギュラー番組に出演できて、ついに有名人の仲間入りができて、どんなに幸せかとか……。

ほんとうにばからしくて、くだらない記事。なんなのよ、これ、って感じ。でも、いちばん最後に最悪のことが書いてあった。

「新居が完成したこのすてきなカップルに足りないものは、かわいいひとり娘だけ」だって！

お母さんは**「子ども部屋を自分で黄色に塗《ぬ》りながら、娘のことだけを考えていた」**だって！

「カトリアオーナのいちばん好きな色は黄色なのよ」とお母さんはこの記事を書いた人に言ったという。**「早く、あの子にこの部屋を見せたい。あの子とここで暮《く》らせるなんて、幸せだわ。こんなに長いあいだ、別れて暮《く》らしてたんですものね」**

ほんとうは、あたしのいちばん好きな色は赤。その次は青。黄色は好きな色リストの中のいちばん最後くらいかな。でも、そんなことはどうでもいい。その記事の見出しときたら！

「今いちばん輝《かがや》いているスターの待ちこがれているもの、それは娘。『わたしたちの小さな家族がまたいっしょになるまで、とても幸せにはなれないわ』とリーザ・ブルックは言う」

頭がかーっと熱くなって、それから背筋が寒くなった。胸がむかむかする。もうだれの顔も見られなかった。

ロージーがばかにしたような声で言った。

「くだらないことばっかり書いてあるのね。こんな安っぽい新聞、うちのお母さんだったら、ぜったいにうちの中には置かないわ」

ロージー、ありがとう。おかげであたしも元気がでて、こう言うことができた。

「ほんとうにくだらない記事だね。けど、フィオナ、これもらっていい？　おばあちゃんにちょっと見せたいの。新聞ってだれかのことについてうそを書いちゃいけないんだよ。法律で禁じられてるの。たぶん、おばあちゃんがうちの弁護士に依頼《いらい》して法的手段にうったえると思うから」

フィオナが、ぽかんとした顔であたしを見つめているから、親切に教えてやった。

「あのね、弁護士に頼《たの》んで裁判をやってもらうときに、そう言うの。法的手段にうったえるつもりです、ってね」

横目で見ると、ロージーのほっぺたが真ん丸くふくらんでいた。ほうっておくと、ロージーはくすくす笑いだして、止まらなくなる。あたしは急いで腕時計をのぞいた。

「いけない。急がなきゃ給食なくなっちゃうよ。これ、明日返すからね、フィオナ」

あたしが早足で歩きだすと、ロージーも追いついてきた。今にも吹きだしそうな顔をしてたけど、食堂についてカウンターの前に並ぶまでがまんしていた。ここなら、近くにいる子たちには、どうしてロージーが笑っているかわからない。

でも、あたしはそのときになって、これってほんとうにおかしいことなのかなと不安になった。フィオナには、すごくいじわるなことをしたと思う。「法的手段にうったえる」という言葉を知らないからといって、からかったりするなんて。だって、どうしてフィオナが知っていなきゃいけないの？　お父さんが強盗《ごうとう》とか、ひったくりをしてつかまっているならともかく、法律のことにくわしくなければいけない十二歳なんて、そうはいないはずだよね。

「ごめんね、笑ったりして」とロージーは言った。「がまんできなかったのよ。それ、おばあちゃんに見せるつもり？　お母さんとお父さんの言ってることって、ほんとうなの？」

「わかんない」

あたしはカウンターから取って、お皿にのせたハンバーガーをにらんだ。これを食べたら吐《は》くかもしれないいな、と思いながら。

「ほんとじゃないといいなって、思ってるけど」

ロージーの顔を見ると、ロージーもあたしを見つめていた。もう笑ってはない。あたしだって。ふたりとも、相手が何を考えているか、よくわかっていた。

あたしは、両親とはいっしょに住みたくない。だから、両親がいっしょに住みたいと言っていることなんか、ぜったいに聞きたくなかった。

「あたしの体のどこかを、ちょっぴり切りとってわけるといいかもね。足一本とか腕一本とか。そうすれば、ぜんぶうまくいくと思わない?」

「それ、書留で送らなきゃだめよ」とロージーが言った。「でも、まず血が流れないようにしなきゃね。一晩だけ冷凍庫《れいとうこ》に入れとけば、だいじょうぶかも」

「とけたら、また血がでるんじゃないかな? 包み紙からしみだしてこない?」

ロージーは目をくるりとまわして、むずかしい科学の問題でも考えているような顔をした。

「だいじょうぶ。血って、心臓がポンプみたいに動いて、体全体に送りだしているからでるんじゃなかったっけ。お母さんにきいてみなきゃ」

「あんたのお母さんが切りとってくれるかもね。そのほうが衛生的でいいや」

あたしは、せいいっぱい笑おうとした。でも、お腹《なか》の中がわなわなしている。

「ほんとうは、そんなにおかしいことじゃないんだよね」

あたしがそう言うと、ロージーはうなずいてから耳もとでささやいた。

「キャット、泣かないで。ここではだめ。みんなが見てるから」

でも、唇《くちびる》を震《ふる》わせはじめたのは、ロージーのほう。

「ごめんね、キャット……」と、ロージーは言った。

11　高等法院《こうとうほういん》へ

「あんたの母親が、ほかにどんなことを言えると思うの？」とプタは言った。「長いこと娘とはなれていても、ちーっともさびしくありませんでしたよ、とか？」

あたしはあっけにとられた。まさか、記事を読んでプタが涙にくれるとは思っていなかったけれど、ひとり娘と暮《く》らせないのがさびしい、と自分のひとり娘が言っているんだよ、少しは悲しくなってもいいんじゃない？

なのに、プタは笑っている。

「お母さんが、うそをついてると思ってるわけ？　そんなこと言ったらいじわるだよ」

「うそをついてるとは思わないよ。こんなふうに言ったんなら、ほんとうにそう思っていたんだろうね。いつもそうだから」

「あたしのために、あの部屋をきれいにしてくれたんだってさ。黄色く塗《ぬ》ったりして」

「便利な色だよね。気がきいてるし、明るいし、お日さまみたいだし」

「あたしの部屋じゃないかも、って言ってるわけ？　あたしだけの部屋のつもりじゃなかったって」

「そうは言ってないよ」

「黄色って、あたしの好きな色じゃないのに」

「そう。わたしなら知ってるけどね」

「けど、知らないのもむりないよね？　プタのほうが、あたしのことをよく知ってるんだもの」

プタはうなずいた。何を考えているのか、あたしにはさっぱりわからない。

「けど、お母さんはあたしのこと捨てたんだよね？　それから、自分と暮《く》らすより、ここにプタといるほうが、あたしはずっと幸せだってことも、知ろうとしなかった」

「だからって腹を立てることもないよ」とプタは言った。「かわいそうだと同情することもない。何かを決心しなければいけないときは、怒りやあわれみは横に置いておかなきゃ」

「どういう意味？」とあたしはきいた。「あたしはとっくに決心してるよ。プタだって知ってるくせに」

あたしたちは台所にいた。テーブルの上にひろげてあったあの新聞の付録《ふろく》を、ゆっくりと閉じながら、プタは言った。

「そのことについて、キャットと言い争うつもりはないよ。わたしは自分勝手な年寄りなの」

何を言いたいのかはわかった。でも、たしかめておかなくては。

「つまり、プタもあたしといっしょに暮《く》らしたいってことだよね？　それは、あの人が自分のたったひとりの娘でも、それでもあたしのほうが、あの人より好きだからだよね？」

「そう、そういうこと」と言って、プタはにこりともせずに、あたしの顔を見た。

この世の中って、どうして思いがけないことばかりおこるんだろう？　ほんとうにびっくり。高等法院《こうとうほういん》のことだってそう。あたしは、大きな銀行みたいな一面ガラス張りの四角いビルだと思っていたのに、まるでお城みたいな、白い石造りの建物だった。おとぎばなしのお城そっくりに、塔《とう》がいくつも立っていて、くねくねした飾《かざ》りがついている。

「ディズニーランドだね」と、あたしはプタに言った。あたしたちは高等法院《こうとうほういん》の前でトウィンクル弁護士を待っているところだった。

プタは、新調した黒いジャケットに、あのブローチをつけていて、いつもよりずっとかっこよく見えた。あたしは、裁判官に会ったあと、そのまま学校に行くので制服を着ていた。ふだん着でこられるから一日休ませてよって言ったのに、裁判官に会うときは、制服のほうが効果的だとプタは言った。

「そしたら、裁判官はわたしのことを、責任感のある保護者だと思うだろうよ。ぶらぶら遊んでちゃだめ、学校が第一ですよ、っていうような」

冗談《じょうだん》めかしてはいたけれど、半分は本気だったんだと思う。そのうえプタは、うちをでる前にあたしに靴《くつ》を磨《みが》くよう命令し、洗面所に行って二回も歯を磨《みが》きなさいと言った。

タクシーが止まって、トウィンクル弁護士がおりてきた。おりてきた、なんてなまやさしいものじゃなかったけどね。トウィンクル弁護士はまず、大きな黒い帽子《ぼうし》をおさえたまま体をほぼまっぷたつに折り曲げて、ドアからでなければならなかった。それから、じょじょに体をほぐしていった。まるで、テレビの科学番組で、細くて背の高い植物が伸《の》びていくありさまを、高速で撮影《さつえい》した映像を見ているみたい。おしまいに、トウィンクル弁護士は歩道を歩いてるほかの人の二倍の背たけになった。トウィンクル弁護士の横に立つと、プタでさえ小さく見えた。

くるりと巻きあがった帽子《ぼうし》のふちに手をやると、トウィンクル弁護士は高いところからあたしたちを見おろして言った。

「これはどうも。お待たせしましたね。時計では遅《おく》れてないが、礼儀《れいぎ》からいえばお待たせしたのにまちがいない。おふたりとも、どうもすみませんでした」

こちらが早くつきすぎたのだからいいんですよ、とブタが言うと、トウィンクル弁護士は、あのお日さまみたいに明るい笑みを浮かべながら言った。

「じゃ、はいりましょうか。ご注意しておきますが、いったん中にはいったら、『あらら、たいへん！　おヒゲが、毛皮が！』ってウサギみたいに、あわててしまいますからね」

ほぼ三十分後に、あたしにもトウィンクル弁護士の言ったことがほんとうだとわかった。高《こう》等法院《とうほういん》の中は、暗い廊下《ろうか》や塔《とう》や、くねくねうねった石の階段がつづく迷宮だった。まるでウサギの巣穴みたい。黒い服を着た係官についてくるように言われて、あたしたちはうんざりするほど、でたりはいったり、のぼったりおりたり、曲がったり、とにかくせかせかと歩きつづけた。やっと、どこだかわからないけれどつくべきところにつくと、黒服の男の人は帰っていった。そのとき、男の人の丸い目玉がきょろっと動いて、小さな鼻先がぴくぴくしてるのを、あたしはたしかに見たような気がする。

あたしはトウィンクル弁護士の袖《そで》を引っぱった。

「不思議の国のアリスね」

「当然のご感想ですな、ブルックさん」と弁護士は言った。「ウサギみたいなお方に対する言葉はなかったけれど。いいことを教えてあげましょう。裁判所にくるのは、不思議の国へ遠足に行くようなものだと思ってごらんなさい。そしたら、あんまり苦痛を感じなくてもすみますよ。おばあさまとわたしは、これから裁判官と話をしてきます。ブルックさんは、このベンチで待っててくれますか。あっというまにすみますからね。おっと失礼、訂正《ていせい》します。あーっというまに、のほうが正確かな。裁判官はブルックさんと話したいと言うかもしれない。言わないかもしれない。どっちにせよ、心配する必要はありません。かんたんなことですから」

テレビで法廷《ほうてい》の場面を見ると、いつもわくわくしてしまう。法廷《ほうてい》の奥《おく》の高いところに、かつらをつけて、法服《ほうふく》を着た裁判官が座っている。たいていは、かなりのお年寄り。裁判官は次々にするどい質問をはなつ。自分が世界じゅうのだれよりも物知りだって思ってるのかも。ときどき、裁判官は弁護士や検事に失礼なことを言ったりする。弁護士や検事だって、かつらをかぶっているのにね。

でも、裁判官は陪審員《ばいしんいん》たちにはいつも礼儀正《れいぎただ》しい。陪審員《ばいしんいん》というのは、被告席《ひこくせき》に立っている容疑者が有罪か無罪かを決める人たちのこと。裁判官がいくらがんばっても、陪審員《ばいしんいん》が無罪だと思ったら、容疑者を有罪にすることはできない。

現実の裁判所は、これっぽっちも興奮するようなところじゃない（殺人罪かなんかで自分が逮捕《たいほ》されていたら別だけど）。いちばんいやなのは、たいくつな時間がえんえんとつづくこと。何時間も待たなければならないから、すきま風のはいる廊下《ろうか》を歩きまわったり、ずっとベンチに座っていたり……。

あたしは、もう一年以上ベンチに座っているような気がしてきた。おしりがしびれてきて、ねむくなった。ふと顔をあげると、あの黒服を着たウサギ男が目の前に立っている。

「ブルックさん。裁判官がお目にかかりたいそうです。こちらへどうぞ」

ウサギ男は、廊下《ろうか》の角《かど》をさっと曲がった。あたしはあとを追って駆《か》けだした。興奮してるのとこわいのとで、胸がドキドキしている。あたしは、そっとひとりごとを言ってみた。

「あらら、たいへん！　おヒゲが、毛皮が！」

でも、興奮するようなことは何もなかったし、こわいこともなかった。裁判官は、ほんとうにふつうの人で、かつらもつけていなければ法服《ほうふく》も着ていなかった。やさしそうな、しわくちゃの顔をした小柄《こがら》なおじいさんで、とても歳をとったネズミみたいに、きらきら光る丸い目をしている。裁判官が座っているのは、塔《とう》の中の丸い小部屋にある、黄金の王座だった。王座の前の丸椅子《まるいす》には、すごく大きなチョコレートビスケットの缶《かん》が置いてあって、ふたが開いていた。

裁判官はあたしの顔を見るとうなずいて、ビスケットの缶《かん》をおしてよこした。

子どもだからビスケットの缶《かん》を置いといたんだと思ったら、あたしは手をださなかっただろう。でも、裁判官は自分でもビスケットをかじっていた。ひざの上にくずがちらばっているし、ネクタイにもチョコレートがついている。

裁判官のことを、なんて呼べばいいのかな？　テレビでは、閣下《かっか》とか、判事《はんじ》さんって呼んでいるけれど、ふたりでチョコビスケットをかじりながらそんなこと言うの、ばかみたいだもんね。だからあたしは「ありがとうございます」とだけ言った。

裁判官は手をパンパンとたたいて、ビスケットのかけらを落とした。

「あなたも、わたしと同じ、チョコレート好きだとうれしいんだが。ただし、ブラックチョコだけですぞ。ミルクチョコには、がまんできませんな。あのようにあまったるいものは、食えたもんじゃない。なあに、歳とってるからそう思うだけさ、と片づけられてしまいますかな。いやいや、そうじゃないかもしれん。違うなら違うと言われてけっこう。あなたのおばあさまはどうですか？」

「チョコはぜんぜん食べません」とあたしは答えた。「でも、それって、おばあちゃんがタバコを吸うからなんです。タバコを吸うと、あまいものが食べられなくなるんです。もしチョコレートが好きだったら、いい禁煙《きんえん》の理由になるんだけど」

裁判官は、頭をぴょこぴょこさせてうなずいた。水を飲んでいる小鳥みたいに。

「禁煙《きんえん》の理由はほかにもたくさんありますな。でも、それはあなたも知ってるでしょう。おばあさまにきいておるでしょうからな」

それから、裁判官は首をかしげた。

「ところで、なぞなぞはお好きかな？　こないだ、孫息子がこういうおもしろいのを教えてくれまして。赤信号なのに横断歩道をわたっているのは、どんな虫？」

「信号ムシ」

裁判官はちょっと悲しそうな顔で、あたしを見たような気がした。それから、裁判官は立ちあがって、ネズミみたいなかわいい顔でにっこりと笑った。

「カトリアオーナ、話しにきてくれてかたじけなく思うぞよ」

突然、裁判官は王さまみたいにえらそうに反《そ》っくり返り、おごそかな口調でそう言った。プタがデームという称号《しょうごう》をさずかるときに宮殿《きゅうでん》に行ったときのことを、あたしは思いだした。プタは女王さまにうやうやしくおじぎをしなきゃいけなかったっけ。あたしも、そうしなければ。まず、敬意を表すために、うしろにさがって……。

一歩うしろにさがったとたんに、椅子《いす》から転げおちて、目が覚めた。

あたしは、まだちゃんとベンチに座っていた。プタとトウィンクル弁護士が目の前に立っている。

「裁判官に会ってる夢を見ていたの」とあたしは言った。

「いそがしいお方だな」と弁護士は言った。「ここと思えば、またあちら。わたしたちの前に現れて、あっというまに仕事を終わらせたと思ったら、今度は若い女性の夢の中に現れていたとは。ごめんなさい。ちょっと冗談《じょうだん》を言っただけですよ。さあ、次の段階に進みましょう。落ちつけ、バフス！」

帰りの電車の中で、あたしはプタにきいてみた。

「ねえ『落ちつけ、バフス！』って、どういう意味？」

「わたしが初めてイギリスにきたとき、『落ちつけ、バフス！』って口ぐせのように言う外科医がいたんだよ。空襲《くうしゅう》のサイレンが鳴って、患者《かんじゃ》を地下室に連れていかなきゃいけないときとかにね。わたしは、そのお医者さんにきいたの。そのころは、イギリスのそういう言葉を聞いても、ぜんぜん意味がわからなかったからね。その人が言うには『バフス』というのはイギリス陸軍の旧歩兵第三連隊のことなんだって。たぶん、地道に進めば戦いに勝つってことじゃないかね。まず第一段階は終わったけど、これからまだまだ長い道のりですよって、トゥインクルさんは言いたかったんだよ、きっと」

「地道にいくのはいいけどさ、ちょっとたいくつだね。高等法院《こうとうほういん》って、もっとおもしろいところだと思ってたのに」

プタはため息をついた。小さなため息だったけれど。

「だから『落ちつけ、バフス！』って言ったんじゃないかね。『突撃《とつげき》！』じゃなくって。地道に、たいくつにやるのがいちばんってときもあるんだよ」

こういう、ほかの大人みたいな、つまらないことをプタが言うのは、めずらしい。もしかして、つかれてるのかな。それとも病気？

「チャタム元気をだせ！ドーバーが見えたぞ！」とあたしは言った。「これって、トムのクラスの先生がいつも言ってる言葉なんだよ。どこからきた言葉か知らないでしょ？きっとマックルベリー先生も知らないと思うな。いつも自分で言ってるのに。けど、どういうことかはわかるよね？」

プタがにっこり笑ったので、あたしはほっとした。

「わたしの覚えているのが正しければ『いそげや、いそげ』って、つづくと思うよ。はっきりわからないけど、カナダのボートをこぐときの歌だよ」

それから、プタは声をあげて笑った。あたしも笑った。もし、この先どんなことが待ちかまえているのかを知っていたなら、ふたりとも、けっして笑ったりしなかっただろうけれど。

12　ソーシャルワーカー

その手紙をプタが受け取ったのは、あたしが学校に行ったあとのことだった。だから、あたしには前もって何も知らされていなかった。

その日の午後、あたしたちは水泳の授業でスポーツセンターに行き、あたしは〈救命法をマスターしました〉というバッジを、めでたく獲得《かくとく》した。クラスでいちばん初めにもらったからうれしくて、あたしはずっと歌をうたいながらうちに帰った。

とにかく、早くプタに教えてあげたくてたまらない。

「いいもの、もらってきたよ。あててみて」と叫《さけ》びながらドアを開けて、玄関《げんかん》にはいったとたん……。

あたしは、その場に凍《こお》りついてしまった。

プタが目の前に立っている。汚《きたな》い、古ぼけたマットの真ん真ん中に。犬や猫《ねこ》がドアや猫用《ねこよう》の入り口からはいってきて、泥《どろ》やとけた雪や、ときには死んだ小鳥を置いていくマットの上に。いつもなら、あたしが学校から帰ってきたとき、プタは書斎《しょさい》にこもっている。門から無法者（あたしのこと。ときにはロージーやトム）がはいってくる音が聞こえるまで、プタは仕事をやめない（と言っている）。

でも、救命法のバッジのことがあたしの頭から消えてしまったのは、プタがいつもと違う場所にいたからではない。プタの顔に浮かんだ表情のせいだった。

ほほえんではいるけれど、きみょうな、冷たい、こわばったような笑顔。まるでだれかがプタの口の両端《りょうはし》を引きあげてから、頭を冷凍庫《れいとうこ》につっこんでおいたような。

「早かったんだね」とプタは言った。

「走ってきたんだもん。原っぱを走って、いちばん早い電車に飛び乗ったの。ロージーは追いつかなかったから、いっしょに乗れなかったんだ」

「ああ、そうなの」

プタは唇《くちびる》に指をあてて、居間のほうに頭をかたむけてみせた。だれか患者《かんじゃ》さんがいるんだ、とあたしは思った。だから、プタが「台所でお茶をいれるの手伝ってね」とささやいたとき、こう言ってあげた。

「お茶ならあたしがいれるよ。お盆《ぼん》を持ってはいる？　それとも、取りにきてって声をかけようか？」（うちに通ってるお年寄りのなかには、あたしの顔を見たいと思ってる人もいる。でも、残りのお年寄りは、あたしに会うのをいやがっていた）

でも、プタは台所まであたしについてくると、ドアを閉めた。それから、ドアに寄りかかったまま言った。

「キャットと話をしたいって人がきてるんだよ。けさ、手紙がきてね。すぐに役所に電話したんだけど。あんたが学校から帰る前にかたをつけておきたいと思ったものだから……」プタはそこで言葉を切り、腹立たしげにつづけた。「でも、今日にかぎって、早く帰ってこなきゃいけなかったとはね！」

あたしはプタの顔を見つめた。だれかほかの人がしゃべってるみたい。自分でも気がついたらしく、プタはふいに言いわけがましく、恥《は》ずかしそうに笑いだした。

「キャットが心配することじゃないんだよ」

「いったいなんのこと? あたしと話したい人ってだれよ?」

「ごめんごめん、キャット」

あたしは、目の前にいる、見知らぬおびえたお年寄りが、少しずついつものプタに戻っていくのを見守っていた。気味《きみ》の悪《わる》い体験だった。どんな人でも、いくつもの違った人間を自分の中に持っているのかな、とも思った。ふだんはいつも、その中のひとりになっているだけなのかもしれない。

とにかくプタは、あたしが知っているほうのプタは、いつものはきはきした声で言った。

「ソーシャルワーカーの女の人が、居間にきてるの。危険人物ではないよ。今はちょっとぴりぴりしてるけどね。トリディーガがプレゼントをあげようと思ったらしくて、お客さまがソファに座ったとたんに、死んだネズミを持っていったんだよ。キャットに会って、キャットが健康で、元気で、きちんと面倒《めんどう》をみてもらってるのをたしかめたら、すぐさま飛んで帰りたいと思ってるだろうよ」

トリディーガというのは、うちで飼ってる黒い雄猫《おすねこ》で、死んだネズミや小鳥を家に持ちこむのは、たいていこいつだった。ときには灰色リスをつかまえてくることもある。

「うちになんの用なの？　そのソーシャルワーカーって人のことだけど。あたしが何かいけないことした？　お母さんとお父さんとは住みたくないって言ってるからきたわけ？」

プタは首を横にふった。

「そこまでは考えてないと思うよ。だれかが役所の福祉係《ふくしがかり》に言いつけたようだね。あんたがほったらかしにされてるとか。それから、ろくに食べさせてもらってないとか、なぐられてるとか、そういうことを。わたしたちは、そんなことないのはわかってるけど、役所の人たちは知ってるはずないからね。それに、世の中の子どもたちのことをそんなにまで気づかってくれるなんて、ありがたいことじゃないか」

「うそつき！　そんなふうには思ってないでしょう？　反対のこと、思ってるくせに！」

プタは聞こえないふりをした。

「キャットが居間に顔をだしたほうが親切だと思うよ。少なくとも、あのかわいそうな女の人を、トリディーガから救ってあげられるからね」

「つまり、トリディーガがいるのにその人を置いてきちゃったってわけ？　トリディーガにせまられてるのに、ほったらかしにしてるの？」

「まあ、そういうことだね」

プタは、けろっとした顔でそう言った。


ソーシャルワーカーは、ソファのすみにちぢこまっていた。トリディーガは、その人の足もとにまるまって、お客さまに持ってきた獲物《えもの》に向かってすさまじい声でうなり、よだれまでたらしている。死んだネズミはものすごく大きい。ドブネズミかクマネズミくらいはあった。

あたしが部屋にはいると、その人はちょっとだけ顔をこっちに向けた。ほんの少し動いただけなのに、トリディーガはいちだんとすごい声でうなり、背をまるめておしりをふって、今にも女の人に飛びかかりそうに身がまえた。

その人はよわよわしくうめいて、目をつぶった。

「トリディーガ、だめだよ」

あたしはトリディーガを叱《しか》ってから、ネズミをつまみあげてプタがお酒のびんやグラスの箱をしまう、すみの戸棚《とだな》の中に入れた。ここならトリディーガにはどうしようもない。

トリディーガはおどかすというよりあわれな声でもう一度うなってから、本棚《ほんだな》の下にもぐってしまった。

「噛《か》みつかないくせに、声だけはものすごいですよね」とあたしは言った。「犬のときはよく
そう言うけど、猫《ねこ》だって同じだと思うな」

女の人は目を開けて、おそるおそる周りを見まわした。

「いなくなったの？」

「本棚《ほんだな》の下にいます」

女の人がばかみたいにおびえた顔をしたので、つけ足してあげた。

「あたしがこの部屋にいるかぎり、でてきませんよ。お客さまが苦手なんです」

「じゃ、あなたがここにいて、わたしを守ってくれるわね」

女の人はほほえんだ。ちょっとびくびくしてたけど、仲良くなれそうな笑顔だった。

「わたし、グローリアっていうの。あなたはカトリアオーナさんね」

弁護士さんたちからは「ブルックさん」って呼ばれているのに、なんでソーシャルワーカー
はそう呼ばないんですか、ってきいてみようかと思った。でも、あたしが生意気《なまいき》な態度をとる
と、プタが困るだろう。だから、うなずくだけにした。

グローリアさんがあたしの顔を見たので、あたしも見返した。

「こっちへきて、お座りなさい。どうしてわたしがきたか、おばあさまは話してくれた？」

「だれかがあたしのことで、うそついたんです。おばあちゃんがあたしに食べ物をくれないとか、屋根裏部屋に閉じこめてるとか……」

グローリアさんは、にっと笑った。ククッと声まで聞こえたみたい。笑うと、とっても若くてきれいだった。

そのあと、グローリアさんは背筋をぴっと伸《の》ばした。そして、さっきブタが台所でやったように、前とは違う人間に変身してから言った。

「まさか！　そんなこと、ありませんよ！」

「じゃあ、なんて言ったんですか？　それから、いったいだれがそんなこと言ったんですか？」

グローリアさんの返事はこうだった。

「そうね、あなたのことを心配した方が……とだけ言っておきましょうか」

なんて気どった声。まるで、おまえはまだ子どもなんだ、質問する資格なんかないんだぞ、と念をおしているみたいだった。だから、あたしは何も言わなかった。グローリアさんもそうしてもらいたかったようだ。その証拠《しょうこ》に、グローリアさんは満足げに小さくうなずき、親切そうにほほえんでみせた。

「あなたのお母さんもお父さんも、とってもすてきな俳優さんね。わたし、いつもテレビで見てるのよ。きっと、あなたも見てるわよね。そのうえ、じっさいにお目にかかっても、とってもすばらしい方たちだそうね」

「だれから聞いたんですか？」

きかなくてもわかっていた。グローリアさんが答えなかったので、あたしはつづけた。

「あたしの学校の校長先生ですね？ほかに、ここの近所で両親に会った人はいないから。ふたりは遠くに住んでるんです。ロンドンのあっち側のサリー州に。でも、あのふたり、校長先生に会いにきたんですよ。ボールドリー先生に。ふたりは、おばあちゃんからあたしを引きはなそうとしてるんです」

「そのことは、何も聞いてないわ」とグローリアさんは言った。

それからあたしの顔をちらっと見た。そして、正直に言おうと決めたらしい。

「というか、あなたのためにご家族が考えていらっしゃることに、わたしは口をはさむ気はないの。それは、わたしの仕事じゃないから。わたしはあなたがちゃんと世話をしてもらっているかどうか、それをたしかめればいいだけ」

グローリアさんはちょっと顔をしかめて、居間の中をぐるりと見まわした。クモの巣やほこりがないか、調べているように。

あたしは、いちばんの年寄り猫《ねこ》の〈ホワイト女王〉が、さっきからまたソファにのっているのに気がついた。真っ白な長い毛が、どっさりソファに落ちている。そして、グローリアさんが着ているのは、濃《こ》い色のパンツと紺《こん》のブレザーだった。

「あたしって、大食いなんです」とあたしは言った。「おばあちゃんは、朝ごはんをどっさり作ってくれるんですよ。けさなんか、卵三つとトースト五枚も食べちゃった」

グローリアさんは、あたしをじろじろと見た。ああ、もっと太っていればよかったのに。あたしは座り直して、せいいっぱい胸をふくらませた。

「生まれつきやせっぽちなんです。一万頭の馬と同じくらいに食べて食べて食べまくってるのに、ぜんぜん太らないんだもの」

「あなたみたいな成長期の娘さんの面倒《めんどう》をみるのは、おばあさまにはたいへんなお仕事でしょうね」とグローリアさんは言った。

「あたしだっておばあちゃんの面倒《めんどう》をみてますから。面倒《めんどう》をみたり、みられたり」

「おばあさまは、まだ外でもお仕事をなさってるのね？」

外で仕事をするのが悪いと言っているのか、いいと言っているのか、あたしにはわからなかった。あたしを、そのあいだほったらかしにしているという意味で言っているのなら、悪いこと。でも、そんな年齢なのに、まだ外で仕事ができると言っているのなら、いいことに違いない。フィオナのおばあちゃんみたいに日がな一日テレビの前でいねむりしているより、ずっといい。フィオナのおばあちゃんは静脈瘤《じょうみゃくりゅう》ができていた。フィオナのお母さんは、いつもおばあちゃんのことでいらいらしている。

あたしは言葉を選んで言った。

「講義をしに行くんです。それから、ときどきラジオで話をするの。でも、いつもはたいていうちにいて、原稿《げんこう》を書いています」

「ええ、ルーボーニアスカ教授が引退なさったのは、わたしも知ってるわ。でも、まだおうちで患者《かんじゃ》さんを何人か診《み》ていらっしゃる。そうよね？」

「そんなにしょっちゅうじゃないけど」とあたしは言った。「それに、いつもあたしが学校に行ってるあいだだから。それが、ちょっとくやしいんですよね、あたし。だって将来お医者さんになりたいと思ってるから。おばあちゃんの手伝いができたら、少しは勉強になるのに。でも、患者《かんじゃ》さんていったって、ほんとうに病気の人なんていないんですよ。みんなあたしやグローリアさんとおんなじ。ちょっと歳をとっていて、さびしくて、悲しいだけ」

いったん始めたら、うそをつくのって、とってもかんたん。ほんとうのことを言うより、ずっとやさしいかもしれない。いろんな意味でね。でも、グローリアさんに言ったことは、まったくのうそとは思えなかった。お医者さんになりたいというのは、大うそだけど。たぶん、そのことについては、あたしの中にいるだれかの、気が変わったということかな。

とにかく、グローリアさんはあたしの言ったことを信じたようだった。グローリアさんは、そのほかのこともきいてきた。学校で好きな科目とか、好きなテレビ番組とか、お友だちはだれかとか、ほかの子と学校で仲良くしてるかとか。どの質問にも、あたしはさっさと答えた。最後の質問にだって。もしかして、グローリアさんがウィリアム・グリーンのことを知っているといけないから、いじめっ子みたいな子がクラスにいたけれど、今は仲良くしていると言っておいた。まっすぐに目を見て言ったから、信じたようだった。

グローリアさんは、もぞもぞと足もとを探しはじめた。ハンドバッグと、いっしょに持ってきた、大きな手さげ袋を探しているという。

「これからちょっとおばあさまとお話しして、すぐに失礼するわ」

グローリアさんは、立ちあがりかけて凍《こお》りついた。

「だいじょうぶ？　あのたちの悪い猫《ねこ》、おそってこない？」

「あたしがここにいるかぎり、だいじょうぶ」

あたしは冷たく言いはなった。もし、トリディーガのことをたちの悪い猫《ねこ》なんて言わなかったら、背中やおしりに白い毛がいっぱいついているって、教えてあげたのに。プタも教えないといいけどな。


プタが玄関《げんかん》でさようならと言っているのを、あたしは居間のドアのうしろで聞いていたけれど、猫《ねこ》の毛のことはひとことも言っていなかった。だいたい、玄関《げんかん》でずっとしゃべっていたのは、グローリアさんのほうだった。ルーボーニアスカ教授にお目にかかれて光栄だとか、長くおじゃましすぎたかしらとか、でも、ルーボーニアスカ教授にはわかっていただきたいんですとか……。

プタが何か言っていたけれど、とても低い声だったから聞きとれなかった。

玄関《げんかん》のドアが開く音がした。グローリアさんが「では、ごめんくださいませ」と言っている。それから、ドアが閉まった。

とたんにプタは声をあげて笑った。あたしがのぞくと、玄関《げんかん》に立ったまま、両腕で自分の体をだいてゲラゲラ笑っている。

「気がつかなかったの？　あの白い毛。どうして教えてあげなかったのよ？」

「復讐《ふくしゅう》だよ」とプタは言った。「あの人のせいじゃないけどね。言っていたとおり、あの人は自分の仕事をやっているだけだから」

「あの人には、なんにもできないんだよね」

プタはうなずいた。

「ほんとうにひどい話だよね」とあたしは言った。「ああいう人がうちにはいりこんできて、失礼なことをいろいろ質問するなんて。警官みたいに。まるで、あたしたち犯罪者みたいじゃほっとするだろうけどね」とプタは言った。

「ほんとうに食べ物をもらっていなかったり、閉じこめられたりしてたら、あの人に会えてない」

「あたしのこと言いつけたの、ボールドリー先生かな？」

プタは「さあね」というようにてのひらを上に向けて両腕をひろげ、肩をすくめてみせた。ときどき、プタはそういうしぐさをする。とたんに、どこかよその国の人みたいに見える。

「ウィリーの、あの最悪のお父さんが、ぜったいに関係してると思うな。あいつ、こてんぱんにやっつけてやりたいよ！」

「おやおや、耳から湯気がでてるよ」プタはからかった。

「自分だって怒ってたくせに！」

「怒ってたのが恥《は》ずかしいよ。そこが若い人と年寄りの違い」

ふいに、プタはおそろしくつかれて、老けこんで見えた。あたしのせいだ。みんな、あたしが悪いんだ。

でも、すぐにプタは目じりをくしゃくしゃにして笑い、あたしの肩に手を置いた。

「さあ、お祝いしようか。キャットが学校から帰ってきたとき、何かいいことがあったんだなって、すぐにわかったよ」

13 どうしたらいいかわからないできごと

救命バッジのお祝いに、あたしたちはパーキンズ・トゥインクル法律事務所からひとつ角《かど》を曲がったところにある、イタリア料理のレストランに行った。プタは「数学の宿題ができませんでした」という手紙を、先生に書いてくれるという。

「頭痛のため、としようかね」

「うそつくんだ」あたしは、スパゲッティをほおばりながら言った。

「ほんとうのことを言ったら、複雑すぎてかえってわからない、ってこともあるんだよ」

「今夜、これから帰って代数の宿題をするなんて、とてもできない。そこんところはほんとう。ただし、代数がだいっきらいなのは、今に始まったことじゃないし……」

「ほうら、ごらん」とプタは言った。「最初は意味のはっきりしたことを言ったのに、そのあと『ただし……』なんて言うから、かえって意味不明になってしまう。つまりね、うちに役所の福祉《ふくし》関係《かんけい》の担当者がたずねてきたため、キャットは気持ちをかきみだされ、いつも苦手な教科の宿題を完成させるのが困難になりまして……なんて手紙に書いたら、書くほうも読むほうも時間のむだってこと」

「それはちょっと長すぎるかもね。息が切れちゃうもん。けど、やっぱり頭が痛いなんていったら、うそつくことになるよ」

「はいはい、わかりました。でも、うそをつくのはわたしだから、キャットは良心の痛みを感じる必要はないの。キャットがこれからやるべきことは、どのアイスクリームを注文するかという問題に、知的な努力を集中すること」

「バニラとストロベリーとチョコレートの。考えることなんかないの。プタはアイスクリーム食べる？　それともタ・バ・コ？」

あたしは最後の言葉を、トマトソース・スパゲッティを食べてる人が、せいいっぱいやれるだけの勢いで吐《は》きだした。

「アイスクリームはけっこう。でも、タバコも吸わない。せっかくのアイスクリームの味がだいなしになったら悪いもんね」

「気に入らないな、その言い方。自分のせいなのに、まるであたしが悪いって言ってるみたいじゃない！」

これは、あたしたちがよくやるけんかごっこ。先に笑いだしたほうが負けになる。うちうちのゲームってなんでもそうだけれど、自分たちにはおもしろくても、ほかの人たちにはおかしくもなんともない。そのとき、あたしはだれかがこっちをじっと見て、耳をすましているのに気がついた。

レストランの向《む》こう端《はし》のテーブルにいる、六つか七つくらいの女の子が、まじめくさった顔でこっちをじっと見ている。大きな灰色のひとみをして、まつげの濃《こ》い、かわいい子だ。でも、長い髪はずっと、洗ったりブラシをかけたりしていないらしく、ぎとぎとして、もつれている。ピンクのジャンパーも汚《よご》れていた。テーブルには、その子だけしかいなかった。

お母さんはどこかなと思ったけれど、トイレだとすぐに気がついた。ひとりぼっちでいるのに女の子が不安そうな顔をしていないから。でも、念のために、あたしはにっこり笑いかけてみた。

女の子も笑顔を見せたので、あたしはきいた。

「お母さん、どこに行ったの？」

とたんに、女の子は灰色の目を真ん丸くして、大きく見開いた。まるで、あたしがこわがらせることでも言ったみたいに。それから、女の子はあたしのうしろの、レストランの奥《おく》に目をやった。ふり返ってみると、ウィリーが男子用トイレからでてくる。ウィリーのお父さんもうしろにいた。

あたしは、宇宙の果てまで落ちていくような気がした。耳がガンガンと鳴っている。あたしが「プタ……」とささやくと、プタは顔をあげた。

プタの顔つきからすると、ウィリーのことは覚えていたらしい。だから、うしろにいる背の高い人がお父さんだということも、わかっただろう。それに、ウィリーのほうもプタを覚えていた。あたりまえだよね。一度会ったら、忘れるはずないもの。でも、サー・アーチボルド・ウェリントン・プランケット・グリーンは、このプタこそ、大切な息子を「ぐうの音《ね》もでないくらい痛めつけてやる」と脅迫《きょうはく》した張本人だということに、まだ気がついていない。

あたしに気づかなければ……というか、気づくまでは。

あたしは、せいいっぱいちぢこまってみた。それから、アイスクリームのメニューをいっしんに見つめた。あたしの全人生が、これを暗記することにかかっているというように。それから、小さいときに読んだ、都合のいいときに透明人間《とうめいにんげん》になれる話を、ありったけ思いだそうとした。でも、魔法《まほう》の指輪がなくちゃむりだよね。それとも、呪文《じゅもん》とか。

あたしの周りの空気が、しーんと静まり返ったような気がした。レストランのみんなの視線がこっちに集まっているような。

「キャット！」と、プタがあたしに声をかけた。しゃんとしなさいと、言ってるんだ。小さな声だったけれど、まるで怒鳴《どな》られたみたいに耳が痛い。

顔をあげてウィリーを見なければいけないということぐらい、あたしだってわかっていた。そこで、ウィリーがぼうっとかすんで見えるように、目の焦点《しょうてん》をぼかしてみた。それでも、ウィリーが引きつった顔をしているのが見える。いやなにおいでもかいだように、鼻筋にしわを寄せ、口をゆがめている。ウィリーが横に座っている女の子に何かささやくと、女の子はくすくす笑って、口に手をあてた。

サー・アーチボルド・ウェリントン・プランケット・グリーンは、メニューを読んでいる。

あたしは椅子《いす》をななめに動かした。こうすれば、サー・アーチボルドがこっちを見たとしても、あたしの頭のうしろしか見えないかも。

もう、どうしたらいいんだろう。プタの顔を見た。プタは、あたしをにっこりさせようと思ったらしく、声をださずに口だけ動かして「落ちつけ、バフス！」と言ってくれた。でも、あたしは、このままちぢみあがって消えてしまいたかった。

空《から》になったスパゲッティのお皿をさげていったウェイターが、アイスクリームのガラスのお皿を持って戻ってきた。このレストランのアイスクリームは、今までに食べたどのアイスクリームよりもおいしい。でも、このときだけは、スプーンを持つには持ったけれど、食べたら吐《は》いてしまいそうだった。

ふいに、サー・アーチボルド・ウェリントン・プランケット・グリーンが、大きなせきばらいをした。あたしはスプーンを落としてしまった。テーブルに跳《は》ね返《かえ》ったスプーンは、床《ゆか》に落ちてカチャッと大きな音を立てた。

ウィリーが、ばかにしたような笑《わら》い声《ごえ》をあげた。それから、椅子《いす》に座ったまま身をよじらせて、目をむいてお腹《なか》をかかえている。まるで、だれかがスプーンを落としたことが、今まで見たなかで、いちばんおもしろいできごとだとでもいうように。

サー・アーチボルドが叱《しか》った。

「行儀《ぎょうぎ》が悪いぞ。おまえは人間の男の子だ。ゴリラじゃないんだから」

すると、女の子が言った。

「お兄ちゃんよりゴリラのほうが、ずっとやさしいよ。あたし、ゴリラがお兄ちゃんになってくれたほうがいいな」

サー・アーチボルドは笑いだした。ウェイターが代わりのスプーンを持ってきてくれたので、あたしは顔をあげて、ありがとうと言わなければならなくなった。そうするには、ななめにしていた体を、もとに戻さなければいけない。いったん姿勢を変えてしまうと、前だけをにらんでいるわけにもいかなくなった。あたしは横目でウィリーのテーブルを見た。

三人が三人とも、あたしのほうを見ている。サー・アーチボルドは、鼻にずり落ちた眼鏡《めがね》ごしにじっとあたしをにらんでいた。ウィリーと同じ灰色の目。妹の目ともそっくりの目。

みんなが、あたしが何かするのを待っているようだった。

「こんばんは、ウィリー」とあたしは言った。

プタが、あたしをはげますように、にっこり笑った。

「ここのスパゲッティ、とってもおいしいよ」あたしはウィリーに言った。「トマトソースか、ミートソースがいいと思う。それから、アイスクリームも自家製なの。すっごく、おいしいから」

「教えてくれてありがとう」とサー・アーチボルドが言った。「特に娘は、アイスクリームのことを聞いて、喜んでいると思うよ」

それから、サー・アーチボルドはプタを見て、軽く会釈《えしゃく》した。灰色のひとみがすっと冷たくなっている。ウィリーが息をのむのが聞こえた。お父さんを、次にプタを見たウィリーは、最後にあたしの顔を見た。ウィリーは何がおこるだろうと、わくわくしている。おそれてもいる。

どうしてあたしにウィリーの気持ちがわかったかって？あたしだって、おんなじ気持ちだったから。丸ブーの声が耳もとで聞こえた（じゃ、ウィリー。おまえのおやじもプタだってわけだよな）。プタは、強い力を持った人たち。電車の中でおそいかかられたとき、あたしはそんなふうに、丸ブーとクサレガスとウィリーに言った。殺されると思ったから、そんな作り話をしたのだけれど、プタが、あたしのプタがほかの子のおばあちゃんたちと違う、というのはほんとうだった。そして、ウィリーのお父さん、学校の理事であり、ナイトの称号《しょうごう》を持っている、サー・アーチボルド・ウェリントン・プランケット・グリーンも。

もしふたりが中世の騎士《きし》だったら、馬にまたがって、相手めがけて突進していっただろう。それとも、魔女《まじょ》と魔術師《まじゅつし》だったら、どっちの呪文《じゅもん》が強いか競い合っていたかもしれない。でも、今の時代にふたりができることといったら、せいぜい怒鳴《どな》り合うことくらいかも。

でも、プタは怒鳴《どな》ったりしなかった。代わりに、静かな、笑みをふくんだ声でこうきいた。

「ウィリー、もうよくなったの？　カトリアオーナに聞いたんだけど、クリスマスの前に具合が悪かったんですって？」

「病院で手術したんです」とウィリーは答えてから、ずるそうな目であたしをちらっと見た。ちょっとほっとして、ちょっとがっかりしたような顔で。それから、お父さんの顔を見て、すごいんだよというような、しゃがれ声《ごえ》でささやいた。

「キャットのおばあちゃんって、ほんもののハーレーダビッドソンを持ってるんだよ。それに前は、ヴィンセント・ブラックシャドウに乗ってたんだって」

サー・アーチボルドは、ほほうというように眉《まゆ》をあげて、にっこりとプタに笑いかけた。

「それはすばらしい。息子はあなたのことをいたく尊敬しているようですな」

「美しいバイクですよ。もしバイクが好きなら、うちに見にこない、ウィリー？」

あたしはウィリーがねたましくなった。

「あたしはバイクのうしろに座るの。一度なんかギリシャまで乗ってって、戻ってきたんだよ。とってもすてきだった。ほーんと、信じられないくらい……」

あたしは感きわまったように、目玉をぐるっとまわして、ため息をついた。ハーレーダビッドソンに乗るすばらしさを言葉で表そうったってむりね、と顔で言ったつもり。

でも、ほんとうはバイクのことを話すのも遠乗りするのも、そんなに好きではなかった。だいたい、遠乗りを楽しんでるのはプタだけで、あたしのほうはヘルメットで頭は痛くなるし、髪の毛はもしゃもしゃにからまって、ときほぐすのに時間がかかるんだから。美容院に行って、短く切ってきたら、とプタに言われたこともあった。でも、ロージーとあたしは、おしりのところまで髪を伸《の》ばすという、かたい約束をかわしていた。だから、プタは毎晩あたしの髪に念入りにブラシをかけて、つやつやした、長いおさげに編《あ》んでくれる。

お母さんが死んだとウィリーが言ったのは、うそではなかったと、あたしにもわかった。もしもお母さんが生きていたら、妹の髪はもっときれいで、きちんとしていただろう。自分で髪の手入れはできないけれど、家族以外の人にブラシをかけてもらうのはぜったいにいや、ウィリーの妹はそういう年ごろだった。

もしも、お母さんが死んでいたらどんな気分だろう、とあたしは思った。ロージーとあたしが小学校に入学したての五歳のころのこと。ある月曜日の朝、ベンという男の子が、上着の腕に黒い喪章《もしょう》をつけて学校にきた。お母さんが死んだのだという。ベンはクラスのみんなに喪《も》章《しょう》を自慢《じまん》しまくったので、しまいにはクラス全員が自分もほしいと言いだした。でも、ウィリーの妹は（メアリーという）あのころのあたしたちより大きい……。

あたしがアイスクリームを食べながら、そんなことを考えていると、そのメアリーの笑《わら》い声《ごえ》が聞こえた。プタが何か言ったらしい。

「わたしの真ん中の名前も、メアリーっていうのよ」

プタはなんと、このあたしでさえ知らなかった事実をウィリーの妹に教えている。

プタはもうお金をはらい終わっていた。何か言いたそうな顔でプタがこっちを見たので、あたしはこわばった顔でウィリーたちに軽く頭をさげた。礼儀正《れいぎただ》しくするのはかまわないけど、むやみに仲良くしたくはなかった。

「あんなこと、あたしには話してくれなかったじゃない」

風の吹く、寒くて暗い夜の町にでてから、あたしはぷりぷりしながらプタに言った。

プタは、あたしのひじに手をそえて歩きながら言った。

「そんなこと、どうでもいいこと。ただ、あの子がなんだかさびしそうだったから、言ってあげただけ」

「お母さんが死んだんだって」とあたしは教えてあげた。「去年、死んだの。ロージーはウィリーの作り話かもしれないって言ってた。じゃなきゃ、プタにも話してあげたんだけどね」

プタはあたしの腕をぎゅっとにぎった。

「ウィリーも、きっとお母さんがなくなってさびしいんだよ。ほかの仲間より年下だって言ってたよね。たぶん、悪い連中にさそわれて、仲間にはいったんだよ」

「なんでウィリーの肩を持つのか、わけわかんないよ。ウィリーの代わりにそんな言いわけまでしちゃってさ」

プタはしばらくだまっていた。大通りにでると、人っ子ひとり歩いてない。あたしたちの靴《くつ》音《おと》だけが、あたりにこだました。プタはやっと口を開いた。

「あと一週間か二週間で、また裁判所行きだよ。裁判官は学校からの報告を見たいって言うだろうね。キャットの両親はボールドリー先生に会いに行っているし、そのボールドリー先生は、ウィリーのお父さんの言いなりときてる」

「けど、ウィリーのお父さんは、あたしのことなんか知らないじゃない。何ひとつっていうくらい、知らないよ」

「人のうわさってものは、どんどんふくらんでおおげさになるものなの」とプタは言った。「裁判が終わってぜんぶ決着がつくまで、用心深くしなくちゃね。キャットもわたしも。みんなを味方につけて、敵を増やさないこと」


そう思ってみると、周りは敵だらけに見えた。あたしは学校では、できるかぎりよい子になることにした。口ごたえするのも、授業がたいくつなときに机の下に隠《かく》して本を読むのも、隣《となり》の列に座っているロージーに数学のテストの答えをわたしてもらってカンニングするのも、みんなやめた。口をきく前にはまず考えたし、お行儀《ぎょうぎ》よくナイフとフォークを使ったし、口に食べ物を入れたまましゃべらなかったし、帰りの電車の中で、大声《おおごえ》をあげたり歌をうたったりしなかったし、いつも清潔にしてやさしい態度をとり、みんなに親切にした。だから、あたしはいつもおそろしく緊張《きんちょう》しまくっていた。

そんな緊張《きんちょう》の日々を過ごしながら木曜日になると、今までのことがふっとんでしまうおそろしいできごとが待っていた。朝の集会の最後にボールドリー先生が、全校の生徒に言わなければいけない重大な話があるので、みんなしっかりと聞くように、と言いだした。動くの厳禁、私語厳禁、姿勢を正し精神を集中し、耳をしかとかたむけるべし（これは校長先生のお決まりのせりふ。べつにふざけてるわけじゃない）。

ほんとうに、ふざけてなんかいられない話だった。学期なかばの休暇中《きゅうかちゅう》に、十五歳の少年ふたりがおばあさんの家に強盗《ごうとう》におし入って、ハンドバッグと宝石を盗《ぬす》んだという。近所の人がガラスのわれる音を聞いて警察に電話したので、犯人は逃走中につかまえることができた。でも、もう少し早ければ、おばあさんも助けることができたのに、間に合わなかった。少年たちは盗《ぬす》む物《もの》を探す前に、まずおばあさんをひじかけ椅子《いす》にしばりつけ、髪の毛に火をつけてしまったのだった。

頭の中がガーンとして、校長先生の声が長いトンネルの反対側から聞こえてくるように小さくなっていった。おばあさんは命は助かったものの、容態がとても悪くて病院に入院したままだという。犯人の少年たちは、それ以来警察に留置《りゅうち》されている。そして、そのうちのひとりがここの学校の生徒だというのだった。

校長先生は、ながながと演説をつづけた。わが校で教育を受けるというすばらしい特権にめぐまれた少年が、このような悪事をはたらくとは……まさにたいへんな衝撃《しょうげき》であり……わが校の名誉《めいよ》におそろしい汚点《おてん》をつけられ……教師も生徒も一体となって、この汚点《おてん》をぬぐうべく努力せねば……そして、校長先生は言った。さあ、罪人たちのために祈《いの》ろうではありませんか、特にわが校の生徒であるソール・フィッシャーのために。

ソール・フィッシャーがクサレガスの本名だと気がつくまで、しばらく時間がかかった。うしろにいる女の子がめそめそ泣きはじめ、あたしと同じクラスの女の子も何人か泣きだした。横に立っていたロージーが、あたしの手をちょっと引っぱって、ささやいた。

「ほら、ウィリーが……」

ウィリーは、あたしたちの列のいちばんうしろにいた。真っ青な顔をして、体が左右に揺《ゆ》れている。

「気絶する。だれか、なんとかしなきゃ」ロージーが言った。

でも、床《ゆか》にたおれる寸前に、あたしたちのクラスのモーガン先生が、ウィリーの体に腕をまわして支えた。モーガン先生が、大きな声ではっきりと横にいる先生に言っているのが聞こえた。

「まったく、頭の中を調べてもらうべきよね。こんな歳の子どもたちの気持ちも考えずに、あんなことを言うなんて！」

校長先生のことを言ってるんだ、とあたしにはわかった。ええ、だれに聞かれたってかまわないわよ、というくらい、モーガン先生は猛烈《もうれつ》に怒っていた。

朝の集会のあとは、モーガン先生の国語の授業が二時間あった。いつもの書きとりやスペリングの代わりに、先生は『小公子』を読んでくれた。「ああいうこと」のあとはハッピーエンドのすてきなお話を読まなきゃね、と先生は言った。それから、このあいだテレビでやっていたのを見た人もいるでしょうから、本を読むのが苦手な人もお話を聞くのは楽しいでしょう、とも。

あたしは『小公子』をちょうど読み終わったところだった。これで四回めだったけれど。あたしの半分はモーガン先生が読んでくれる話を楽しく聞いていたけれど、もう半分はウィリーがこっちを見てくれるようにと、午前中はそればっかり思っていた。ウィリーはあたしの机から四つめの机に座っていたから、ちょっとでも顔をあげればあたしの顔が目にはいるはずだった。でも、ウィリーは先生が本を読んでいるあいだじゅう、机の上で組んだ自分の手を見つめているだけだった。

ウィリーも、朝の集会まで、クサレガスの事件は知らなかったはずだった。顔色も真っ青で、見るからに具合が悪そうだった。ショックのあまり、何がなんだかわからなくなっていたのだと思う。

休み時間のベルが鳴ったとき、ウィリーは顔をあげて大声《おおごえ》で泣きだした。赤ちゃんみたいに鼻水やよだれをたらして、ほっぺたをびしょびしょにしている。モーガン先生は本を置いて、ウィリーの席まできた。机に腰かけた先生は、ウィリーの顔を自分の胸にぎゅっとおしつけて、ほかの子が教室をでていくあいだ、ずっとそのままだいてやっていた。困ったように笑いだす子もいたけれど、たいていの子は口をきかず、お互《たが》いにもじもじしていた。

こんなことがおこってしまったとき、いったいどんなことを友だちに言ったらいいの？いちばんの親友とだって話せっこないもの。

運動場にでてから、ロージーが言った。

「あのこと、モーガン先生に言うつもり?」

「わかんない」あたしはもう、どんなことだって自分で決める気にはならなかった。

「あんたのときも、ずっとあいつがやってたの? クサレガスが? ウィリーじゃなくって、あとのふたりがやったんでしょう?」

ロージーったら、犯人だとわかったから、もうクサレガスというあだ名で呼んでもいいことにしたのかな。

「あたしの髪の毛を燃やそうとしたのは、クサレガスだよ。けど、ウィリーのことを言いつけるべきかどうか、あたしにはわからない。お母さんが死んだから、ついつい悪い仲間にはいったんだって、プタは言うの。ロージーも、クサレガスのことを悪い仲間って言ってたよね」

「ウィリーはほかのふたりより年下だからね。けんかが強いから、ウィリーを仲間にしたかったのよ。悪いことはぜんぶウィリーにおしつけられるし、まだ十二歳だからウィリーが悪いことしたって、たいしたことにはならないでしょう? 万引きをするときに、小さい子どもたちを連れていくやつらみたいなものね」

ときどき、ロージーは知ったかぶりをしてこういうことを言うから、あたしもびっくりするんだよね。

「つまり、あいつらも泥棒《どろぼう》に行くとき、ウィリーを連れていってたって言うの？」

ロージーは、いつものあのため息をついた。

「あのねえ、これはたとえばの話でしょ。ウィリーがああいうやつらと仲間だってことを、だれかに言うべきだって、そのことを説明しようと思って言っただけじゃない。ウィリーがおそろしいことをやらされる前にね」

胸に重りを入れられたようで、あたしはみじめな気持ちになった。もうだれにもなんにも言いたくない。あたしは前にちゃんとボールドリー先生に言ったのに、ボールドリー先生が叱《しか》ったのは、あたしのほうだった。あたしがだれかに何か言うたびに、かえってひどいことになるんだから。

「おばあちゃんにだったら話せるんじゃないの？」と、ロージーが言った。

ロージーは、なんだかいらいらしているようだった。あんたがだれにも言いたくないんなら、ま、おばあちゃんにでも話すよりしょうがないか、と思っているみたいに。でも、あたしの心は、とたんにすーっと軽くなった。そうだ、プタなら知っている。どうしたらいいかわかってるにきまってるじゃない！

「あんた、どうしてニヤニヤしてるのよ？」

ロージーがあきれたような声で言った。

「なんでもないよ」とだけ、あたしは答えておいた。

三時間めはフランス語で、四時間めは歴史だった。あたしはずっと黒板の上の時計を見つめていた。針があんまりゆっくり進むので、何度も止まっているのではと思った。あたしは、ぶるぶる震《ふる》える両手をひざのあいだにはさんで、なんとか頭の中からおそわれたおばあさんのことや、焼けてる髪の毛のことを追いだそうとつとめた。もし、おばあさんがかなりの歳だったら、髪の毛は白髪《しらが》で、そのうえ薄くもなっていただろう。ちょうど、ロージーのおばあちゃんみたいに。ロージーのおばあちゃんがサルぐつわをはめられ、両手を背中でしばられたまま、あの出窓《でまど》の前のひじかけ椅子《いす》に座らされているところが目に浮かぶ。おばあちゃんの髪の毛がパチパチ燃えて……あたしは大声《おおごえ》で泣きたくなった。

早くプタに会いたい。

午前中の授業はそろそろ終わりそうだった。午後からは美術の授業だけ。美術はときどき早く終わるので、いつもの列車のひとつ前に間に合うことがある。駅から走ってうちに帰る自分の姿が目に浮かんだ。門を開けて、玄関《げんかん》から飛びこむ。そしたら、プタが待っていてくれて……。でも、そうはいかなかった。給食も食べないうちに、あたしは自分の父親に誘拐《ゆうかい》されてしまったから。

14　父ちゃまに誘拐《ゆうかい》されて

昼休みになると学校に現れる親たちは、世話やきか、あまい親にきまっていた。世話やきのほうは、急に寒くなったからとかいって、セーターやら手袋やらをとどけにくる。あまちゃんの親のほうは、だいじな坊《ぼう》やが忘れた宿題を持ってきたり、かわいい息子や娘が給食のベルが鳴る前にお腹《なか》がすいて気絶しないように、ポテトチップスやキャンディの袋を持ってきたりする。

プタやロージーのお母さんは、世話やきでも、あまちゃんでもないから、午前中の授業が終わったころにうちからだれかくるなんて、あたしたちは考えたこともなかった。もし、そういう親たちの顔を見に行くとしたら、クラスの中でいちばんのあまったれはだれか、こっそり探りに行くときくらい。

だから、もしも大声《おおごえ》で呼ばれなかったら、あたしは父ちゃまに気がつかなかったかもしれない。父ちゃまは車の運転席の窓を開け、にっと笑いながら手をふっていた。

あたしはショックのあまり、凍《こお》りついた。いっしょにいるところをだれかに見られたらと思うと、恥《は》ずかしくて穴にはいりたいくらいだった。だから「さあ、乗って」と父ちゃまに言われると、ついつい頭をさげて助手席に乗ってしまった。ロージーの顔を見るひまさえなかった。

そして、父ちゃまが車を発車させ、角《かど》を曲がったときにはほっとした。これで運動場からも、世話やきやあまちゃんの親からも見えなくなった。もし『待合室』にでてるすてきな俳優がきているとと知ったら、そういう親たちは目をきょろきょろさせて探すだろうから。


高速道路の追《お》い越《こ》し車線にはいったとき、あたしは初めてあやしいなと思った。父ちゃまは口笛を吹きながら、エヒウみたいな勢いで車を飛ばしている（念のために言っておくけど、エヒウというのは戦車を「すさまじく走らせた」、旧約聖書にでてくる王さま）。ゆっくり走ってよと言おうと思ったとき、お母さんが父ちゃまの運転に、かなきり声《ごえ》をあげて文句を言っていたことを思いだした。だから「まだ、給食を食べてないんだ」とだけ言った。

「ああ、お昼はいっしょに食べよう」

父ちゃまは、あたしの顔を見ようともせずに言った。（このスピードだから、そのほうが助かるけど！）

「もう学校にお金をはらってあるんだよ。給食だから」

ばかみたいなことを言ってしまったけれど、父ちゃまは返事をしない。

「どこへ行くの？」とあたしはきいた。

「最初は昼ごはんを食べるところだな。お腹《なか》がすいてるみたいだから」

「そんなにすいてるわけじゃないの。ぺこぺこってほどじゃないんだけどね。ただ、給食の時間に許可をもらわないで外にでたら怒られるし、二時から午後の授業も始まるから」

父ちゃまは返事をしない。

「午後の授業は美術なんだ」とあたしが言うと、「美術なんかでなくてもへいきだろ」と返ってきた。

それを聞いたとき、あたしは初めてこわくなった。震《ふる》えあがったり、胃がきゅうっとしたりというほどではないけれど、不安で落ちつかなくなった。

「あっ、何かすっごいことしようと思ってるんだね！」とあたしは言った。

父ちゃま、ふざけてるだけなんだよね、そうでしょ？　と言ったつもり。

「おまえとふたりで話し合うべきだと思ってね。問題が法廷《ほうてい》に持ちだされる前に」

「だからって、なにも誘拐《ゆうかい》することないじゃない。でなきゃ、話し合いもできないってわけ？」

あたしは軽蔑《けいべつ》したように言って、口をへの字にして鼻の穴をふくらませてやった。でも、父ちゃまはこっちを見ていない。

父ちゃまは、ちょっと笑顔を見せた。

「こうでもしなきゃ、おまえを連れだせないからな。お母さんにじゃまされずに。それからおばあさんにも」

「おばあちゃんが、じゃまするわけないよ。あたしをうちから連れだそうとしてるのは、おばあちゃんじゃないもの。あんたとリーザでしょ」

あたしは腹を立てていた。だから、怒った声をだしたかったのに、声が震《ふる》えてしまった。

「リーザがそうしたいと言ってるんだ。おまえのお母さんがのぞんでるんだぞ。べつに、おれの希望じゃない。おれが言いだしたことでもないし、いちばんのぞんでいるのがおれってわけでもないんだ」

車は大きな道路から小道にはいっていて、両側に並木や生垣《いけがき》がつづいていた。

「もしうちにきていっしょに暮《く》らしてくれれば、そりゃあうれしいよ。おまえが自分からそうしてくれれば、もっとうれしい。でも、いちばん心配なのは、お母さんのことなんだよ」

いつもの父親とはまるっきり別人だった。休暇中《きゅうかちゅう》に会った父ちゃまでもない。服装まで違っていた。ツイードのジャケットにコーデュロイのズボン。ふつうのお父さんが学校に迎《むか》えにくるときのふだん着だ。髪の毛もスプレーできっちりかためてないから、頭のてっぺんのはげが見えていた。

父親とふたりっきりでいるのは、初めてのことだった。だから、こんなに感じが違うのかな？

父ちゃまは、小道から田舎《いなか》の酒場の駐車場《ちゅうしゃじょう》に車を乗り入れた。ガタンと揺《ゆ》れて車は止まった。

「それに、リーザはそういう年齢になってるんだ。女性が娘といっしょに暮《く》らしたくなる年齢にね」

「娘」と言った。「自分の娘」ではない。

あたしは、話すこともできなかった。舌が重くなり、口の中がかわいている。しぼりだすような声で、あたしは言った。

「いっそのこと、みなしごならよかったのに」

父ちゃまはうなずいた。

「聞こえたよ、キャット」父ちゃまは、あたしの前に身をのりだして助手席のドアを開けた。

「今度は、おれの言うことを聞いてほしいな」


あたしたちは、酒場の暗い席に座った。窓から畑と川が見える。あたしはお腹《なか》がすいてなかったし、父ちゃまもそうみたいだったけど、何か注文しないと悪いので、少し食べることにした。

あたしはコーラを、父ちゃまはワインの小びんを飲んだ。

父ちゃまが話をするのを、あたしはだまって聞いた。

もしかすると、おばあさんにあずけたのが最初からまちがいだったのかもしれない……でも、リーザは女優になるか母親になるか、どっちかを選ばなければいけなかった……働きながら赤ちゃんを育てている女性はたくさんいるけれど、夜に仕事をしなければいけない舞台女優《ぶたいじょゆう》の場合はそうはいかない……そいつが赤ちゃんのときは昼間のあいだ面倒《めんどう》をみられるけれど、そいつが学校に行くようになると、学校から帰ってきたときに宿題をみてやることもできないし、夜寝るときにお話を読んでやることもできない……。

どうして赤ちゃんを「そいつ」なんて呼ぶの?「その子」って呼べばいいのに。それから、あたしに話しているんだから「おまえ」って言ってもいいでしょう? でも、じゃましないほうがいいと思ったから、だまっていた。

あたしは、ピンク色の水っぽい鮭《さけ》を、ちょっとフォークで口に運んだ。でも、味も何もしないので、コーラで流しこんだ。

父ちゃまは、今度はお母さんのことを話しはじめた。お母さんは最初からあたしと別に暮《く》らすのを悲しんでいたし、あたしが大きくなればなるほど、よけいに悲しくなった……劇団といっしょに地方巡業《ちほうじゅんぎょう》していたから、思うようにあたしに会うことができなかった……でも、お母さんはあたしがぶじに幸せに暮《く》らしていて、おばあちゃんがあたしをかわいがってくれることも知っていた……。

「そこのところが、リーザにはだいじだったんだよ」

父ちゃまはふいに厳《きび》しい、というより怒ったような顔になった。

「リーザが心配しているのは、おまえのことだけじゃなかったんだぞ。自分の母親のことも心配してたんだ。おまえを連れていってしまったら、おばあさんがさびしくなるんじゃないかって。リーザは、自分のことだけを考えていたわけじゃないんだ」

悲しみにくれる殉教者《じゅんきょうしゃ》の役をお母さんがしてるとこなんて、あたしには想像もできなかった。

「あたしが今いなくなったって、おばあさんはさびしくなるじゃない。どこが違うの？」

「おばあさん」なんて呼ぶのは、すっごくいやだった。プタには似合わない。でも「祖母」なんて、実の父親に言うのもおかしいからね。それに、プタはうちでふたりだけが使っている呼び名だし。

父ちゃまは、ワイングラスをじっと見ながら言った。

「おばあさんはもう歳だ。お母さんは、もうおまえの世話をするのはむりだと思ってる。おまえはきっと、自分の面倒《めんどう》くらい自分でみられるって言うだろうね。それに反対するつもりもない。おまえだったらできると思ってるからね。でも、そろそろおばあさんを解放してあげないか。もし、おまえがそうできるなら」

あたしは父ちゃまの顔をじっと見つめた。ワインをごくごく飲みほし、またついでいる。まだ、あたしの顔をまともに見ようとはしない。

「おばあさんは、今までずっとたいへんな仕事をしつづけてきたんだ。人生の終わりに、少し休ませてあげてもいいと思わないか。どちらにせよ、リーザはそうさせてあげようと思ってる。おまえもそこのところを考えなくちゃだめだ。いいか、いつも自分のことばかり考えてちゃだめだぞ」

あたしはマヨネーズのびんを手に取った。これは、目の前のお皿の死んだ魚に、何か味をつけるために置いてあるらしい。せっせと魚にふりかけているうちに、マヨネーズはお皿からあふれ、テーブルのふちをつたって、ひざにこぼれた。あたしは、さっと立ちあがった。

「ああっ、たいへん！　トイレに行ってふいてくるよ」

父ちゃまが何も言いださないうちに、あたしは駆《か》けだした。トイレにはいって鍵《かぎ》をしめてから泣こうと思っていたけれど、父ちゃまが追いかけてこないかどうか、心配だった。

女子用のトイレは建物の裏手にあった。細長いトイレで上げ下げ窓がひとつだけある。窓から石炭の燃えがらを敷《し》いた小道と塀《へい》が見えた。窓はかんたんに開き、窓わくも低かった。あたしは外へでてから、静かに、すばやく窓を閉めた。あと十分はゆうゆうある。

小道を一方に行くとレストランの駐車場《ちゅうしゃじょう》。逆の方向に行くと木戸があって、その向こうは畑だった。高く、びっしりとしげった生垣《いけがき》のおかげで、道から畑の中は見えない。

木戸を開けるとき、ギイッと音がした。でも、生垣《いけがき》に隠《かく》れてしまえば、少しのあいだは安心だった。あたしは身をかがめて走った。ぬかるみに靴《くつ》がはまったけれど、畑の端《はし》につくまで走りつづけた。それから別の生垣《いけがき》をくぐりぬけて溝《みぞ》にはいり、狭《せま》い道にでた。真ん中のところだけ一直線に草がしげっている。

車のとおりそうな道ではない。たぶん、ただの農道だろう。でも、あぶないので、また別の溝《みぞ》にはいり、ちくちくしたイラクサがもつれてしげっている中を走った。溝《みぞ》をあがって別の生垣《いけがき》をくぐりぬけると、荒《あ》れはてた、林ともゴミ捨て場ともいえない場所にでた。みすぼらしい木々やしげみのあいだに、古タイヤや古いマットレスが捨ててある。すぐ上に幹線道路があるらしく、ビューンビューンと車が行き交う音が聞こえた。

あたしは、父ちゃまがどういう手にでるだろうと考えた。でも、それがわかるほど、あの人のことを知っているわけではない。どっちにしても、こんな荒《あ》れ地《ち》にいつまでもいるわけにはいかなかった。凍《こお》りつくほど寒いのに、コートもないのだから。お金もないんだ、とそのときになって初めて気がついた。おさいふは学校のロッカーにかけたカバンの中にはいっている。

車の音がする道路のほうへ、雑草がはえた土手をのぼっていった。そこは高速道路で、急斜《きゅうしゃ》面《めん》に植えたばかりの小さな木が並んでいるだけで、隠《かく》れるところもない。それでも、あたしはついていた。ちょっと先の、あたしがいるほうの側にガソリンスタンドと、ハッピー・イーターというファミリーレストランがある。

靴《くつ》は泥《どろ》で重たくなっていた。草をいっぱいむしって泥《どろ》をこすって落としてから、ハッピー・イーターのほうへ向かった。ガソリンスタンドの裏につくまでは、道路から見えないように土手をちょっとおりたところを歩いた。

ガソリンスタンドには、だれもいなかった。日はとっぷりと暮《く》れて、ますます寒くなり、雨までふりだしていた。駐車場《ちゅうしゃじょう》やスタンドの中に何台か車があったけれど、父ちゃまがいるけはいはない。ハッピー・イーターの中にはきっと電話がある。そしたら交換手を呼びだして、受《じゅ》信人払《しんにんばら》いの電話をかければいい。どうかプタがうちにいますように。

おばあさんを少し休ませてあげてもいいんじゃないか……父ちゃまはそう言った。あたしのことを、自分のことしか考えない娘だと思っているんだ。歳をとった、かわいそうなプタに面《めん》倒《どう》をみてもらおうと思っているなんて、虫がよすぎるぞ、って。

あたしはまた、声をあげて泣きたくなった。それから、ふっと思った。もし、あたしがプタのことをかわいそうだとか年寄りだとか言ったら、プタはどんな顔をするだろう? 泣く代わりに声をあげて笑いながら、あたしは電話のあるところめがけて、土手を走っていった。

15　あたしの未来

あたしの面倒《めんどう》をみるには、プタは歳をとりすぎている……そう父ちゃまが思っているということは、プタには言わないでおいた。もしかして、わたしもそう思うよ、と言われるかもしれないから。

でも、父ちゃまがあたしのことを、いつも自分のことしか考えない、自分勝手な子どもだと思っているということは話した。面と向かって話したわけではない。そんなこと、恥《は》ずかしくてできないから。ハーレーのうしろにまたがるまで待っていて、向かい風をビュウビュウ受けながら、大声《おおごえ》で怒鳴《どな》ったわけ。とたんにプタの背中が緊張《きんちょう》したから、怒っているんだなとわかった。

だいたい、ガソリンスタンドに迎《むか》えにきたときから、プタはかんかんに腹を立てていた。風よけの巨大なゴーグルをかけ、黒い革ジャンの背中をふくらませ、ハーレーでブイーンとやっ

てきたプタは、まるでバットマンそっくりだった。

プタは、あたしのお父さんに腹を立てていた。お母さんにも腹を立てていた。モーガン先生やボールドリー先生にまで。どうして先生たちは誘拐事件《ゆうかいじけん》を水ぎわで食い止めるために校門に立っていなかったのか、というわけ。

あたしが電話をかける前から、プタは父ちゃまがあたしを車でさらって走り去ったことを知っていた。ロージーがモーガン先生に話し、モーガン先生がボールドリー先生に話し、ボールドリー先生がすぐにうちに電話をかけたのだという。かんかんに怒りながら。なんびとも、たとえ両親であっても、校長の許可なしに、それも下校時間前に学校から生徒を連れだすなどということは、とても許されることではありませんぞ、警察に電話しようかと思っているところです、って言ったんだって！

「わたしがやっとやっと、止めたんだよ。あの校長、あんたの父親が逮捕《たいほ》されて、留置場《りゅうちじょう》にぶちこまれるのを見たかったのかもしれないけどね」とプタは言った。

それから「ボールドリー先生のことを、キャットがどうしてあんなふうに言うのか、やっとわかったよ。男ってばかだね。怒った七面鳥の雄《おす》みたいに、グルグル騒《さわ》ぎたてるだけで」

そして「そういうわたしだって、キャットの父親が手錠《てじょう》をかけられて連れていかれるのを見たって、痛くもかゆくもなかったけどね！」

うちについても、まだプタは怒っていた。二階へ行ってお風呂にはいりなさいと言ってから、プタはつづけた。

「わたしは書斎《しょさい》であんたの両親に電話するから。立ち聞きしたらだめだよ」

階段でぐずぐずしていたので、あたしの耳にプタの声が聞こえてきた。何を言っているのかはわからなかったけれど、プタの声は、氷まじりの風のように冷たかった。あの日の午後、駅のブリッジで、鼻くそウィリーを死ぬほどおびえさせたときと同じ声。あたしまでこわくなった。二階へ駆《か》けあがると、あたしは大きな声で鼻歌をうたいながら、湯気の立つ熱いお湯をお風呂に入れた。

晩ごはんは、ガウンを着たまま食べた。子羊のローストとほうれんそう。あたしはプタに、あの田舎《いなか》の酒場の、ぞっとするような鮭《さけ》のことを話した。

「養殖《ようしょく》ものだね」とプタは言った。「味がまったく違うんだよ。キャットがマヨネーズで味をごまかそうとしたのも、むりないね」

「ええっ、話を聞いたわけ？　びっくりしたなあ！　すごく怒って電話してたから、あいつの作り話はもちろんのこと、ひとことだってしゃべらせなかったって思ってたよ」

「聞きなさんなと言っといたのに」

「あたしはいつも、言われたとおりにしなきゃいけないわけ？　しぜんに声が聞こえちゃったんだもの。どっちみち、最初のとこだけよ。あとは聞こえないように大きな声で歌をうたってたから」

「あんたのお母さんは、だんなが何をしようとしてるか知らなかったんだって。たぶん、あの人もよかれと思ってやったことだろうけど」

「ちっともそんなふうには思ってないくせに」

プタは笑いだした。それから、あたしの顔を見て、大きく息をついた。

「とにかく、あることをキャットに伝えるのだけは、わたしに任せてくれたよ。ありがたいことにね」

「なんのこと？　教えて」

プタはもう一度息をついてから、骨つきの肉をつまみあげて、残っていた肉をしゃぶった。

それから、あたしの顔を見ながら言った。

「ふたりで高等法院《こうとうほういん》の家庭部に行かなければいけないんだって。明日の午前十時に」


高等法院《こうとうほういん》の家庭部は、大きな灰色の建物で、テムズ川からそう遠くないところに建っていた。プタは「新鮮な空気を吸うために」テムズ川の北岸の土手を歩きたいと言いだしたけれど、あたしはくさい排気《はいき》ガスを吸うのは健康によくないと言って、やっとのことでやめさせた。おまけに雨までふりだしてきていたから。

「こんなところにいたら死んじゃうの。でなきゃ、寝たきりになっちゃうよ。そしたら、まるでずぶぬれの老いぼれカラスみたいに見えるからね」

言ったとたんに、ちょっといじわるだったかなと、あたしは反省した。プタはいつものすそを引きずるほど長いスカートをはいていたけれど、新しい、黒いジャケットに、あのブローチをつけ、髪もきちんとゆいあげてあった。

「プタが風邪《かぜ》をひいたらいやだから、そう言っただけよ」あたしはつけ足した。

「風邪《かぜ》なんかひくわけないよ」とだけ、プタは言った。でも、怒ってなんかいないというしるしに、あたしの手をぎゅっとにぎってくれた。

今度はトウィンクル弁護士のほうが先にきていて、四角くて寒い玄関《げんかん》ホールで待っていてくれた。警備の人が何人かいて、ハンドバッグやカバンを調べていたけれど、プタとあたしを見ると、ちょっとうなずいただけでとおしてくれた。

「あっ、ルーボーニアスカ教授」

トウィンクル弁護士は、ちょっと跳《と》びあがって靴《くつ》のかかとをカチンと合わせ、最初にプタに、次にあたしにぴょこっと頭をさげた。

「それにカトリアオーナ・ブルックさん。戦いの準備は整いましたか？ われわれの裁判官は二〇四号室にいるそうです」

トウィンクル弁護士はプタのひじに手をそえて、早足で玄関《げんかん》ホールの奥《おく》にはいっていく。あたしも急いでついていった。

長くて狭《せま》い廊下《ろうか》、灰色の壁《かべ》に灰色のカーペット、閉まっているドア。階段をのぼって上の階に行っても、下の階と同じ廊下《ろうか》がつづいている。どの部屋にも番号と裁判官の名前が書いてあって、それぞれのドアの向かい側に灰色のシートの長椅子《ながいす》が置いてあった。

二〇四号室のある廊下《ろうか》は、けっこう混雑していた。長椅子《ながいす》に座っている人たちは、たいていい長いこと待たされているような顔をしている。ねむっている人もいれば、じっと宙をにらんでいる人もいた。長椅子《ながいす》に座ってない人たちは、何人かで集まって立ち話をしていたり、あまり会いたくない人がもうきているかどうか、こそこそ周囲をうかがったりしていた。

プタとあたしは長椅子《ながいす》の端《はし》に座った。

「だいぶ待つようですな」とトウィンクル弁護士が言った。「ここはおもしろいこともなければ、気晴らしもできないところなんですよ。『人間模様』が見られるだけでね。ブルックさん、たいくつでしょう? ちょっと裁判所の調査官としゃべるだけのために、こうしてえんえんと待たされるんだから」

「今日は裁判官と会えるんでしょうね」と、あたしはきいてみた。

「もう話しておいたはずよ」とプタが口をはさんだ。「もしかしたら、話を聞きたいって言うかもしれない。でも、たぶん言わないだろうね」

「会いたいと思ってたのになあ」と、あたしが言うと、「テレビのせいですな」とトウィンクル弁護士は言った。

「テレビとは関係ないの。ちょっと、ばかみたいだなって思っただけ」

あたしはトウィンクル弁護士を冷たい目で見て、いちばん皮肉《ひにく》っぽく聞こえる声で言ってやった。

「これって、あたしの問題なんですよね？　なのに、あたしはここで待っていなければいけなくて、ふたりだけが裁判官のところに行ってあたしのことを話す。そして、あたしの将来を決めるなんて。ほかのだれかのことじゃなくって、このあたしのこれからのことなのに」

「だけど、そういう決まりになってるの」とプタは言った。「わたしたちふたりを信用してくれなくちゃ」

プタはあたしから目をそらして、廊下《ろうか》の向こうに目をやった。ちょっと顔をゆがめている。

あたしもそっちを見た。あたしのお母さんとお父さんがいる。

とたんにあたしはおそろしくなった。胸がむかむかして、震《ふる》えがきて、気絶しそう。死ぬかもしれないと思った。死んだらいいなあ。こてっと死んで床《ゆか》に転がったら、もうだれにもめいわくをかけなくてすむ。

あたしは、目をつぶって、プタにぎゅっとくっついた。このまま体がどんどんちぢんで、プ夕の脇《わき》に隠《かく》れることができるといいのに。

プタはあたしをだきよせてはくれなかった。片手でポンとひざにさわってはくれたけれど、すぐに手を引っこめた。

「やあ、キャット！」父ちゃまがなれなれしく声をかけてきた。しかたなく顔を見ると、あたしにウィンクしている。

お母さんは、白いブラウスに黒いスーツを着た女の人と話をしていた。というか、話をしているふりをしているだけかもしれない。それから、お母さんは、プタもあたしも無視して、ずんずん前をとおりすぎていった。父ちゃまはまたウィンクして、お母さんに聞こえるのをおそれているように「あとでな」と小さな声で言ってから、急いであとを追っていった。

あたしは、まためまいがした。トウィンクル弁護士の声がすうっと遠くなる。

「どうでしょう、ルーボーニアスカ教授……」

プタの骨ばった手が、あたしの腕をつかんだ。

「外にでていい空気を吸ったほうがいいね。あんたは外にでることに、ずいぶん反対してたけど」

あたしたちは外にでて、小雨《こさめ》がふりしきる中にたたずんだ。プタはぶつぶつと何か言っている。一生懸命に何かを考えているとき、プタはいつもこんなふうにひとりごとを言う。

「あたしって、ばかみたい」と言うと、プタは自分の目を覚まさせるように頭を横にふって言ってくれた。

「だいじょうぶ」

そして、プタはやっとあたしの肩をだいてくれ、気分がよくなるまでずっとそうしていてくれた。


あたしの担当の調査官は陽気な女の人で、顔にうぶ毛がはえていて、大きな声でころころとよく笑った。あたしが調査官と面接したのは、寒い部屋だった。古い革張りの椅子《いす》と、ひもでしばったダンボール箱がたくさん置いてある。

「あれ？ みーんな書類なのよ」

女の人にはあたしの考えていることがわかったようだ。

「書類、書類の山。これをどうしまつしたらいいか、だれにもわからないの。みんな必要なって思ってるのに、捨てることもできないのよ。さあ、カトリアオーナ。今度はあなたのことを話してくれる?」

この人になら、気楽に話せるような気がした。あたしと同じくらいの娘さんとちょっと年上の息子さんがいるんだって。トムと同い年だ。あたしは、トムとロージーのことや、学校のこと、犬や猫《ねこ》のこと、ギリシャにある、あたしたちのうちのことを話した。

「ずっとおばあさまといっしょに暮《く》らしてるのよね?」と調査官はきいた。

「ええ、赤ちゃんのときから。生まれてからほとんどずっとです」

そんなこと、もう知っているのかもと思った。プタとの話はすんでいるのだから。でも、調査官はあたしの話のつづきを待っている。

「あたし、おばあちゃんとはなれたくないんです。これからも、ぜったいに」

調査官はうなずいてから言った。

「お父さんとお母さんのところに泊まりに行くのは、いやなの? ずっといっしょに暮《く》らすんじゃなかったらいい?」

口の中がからからになった。さあ、慎重《しんちょう》に答えなければ。

「いいです。泊まりに行くだけだったらかまいません。家事をぜんぶやらされたってへいきです。すんだらうちに帰してもらえるなら」

あたしはつばを飲みこんだ。でも、ちっとも役に立たない。まだ口も喉《のど》もからからだった。そのとき、ずっと昔まだ一年生だったとき、初めての担任の先生が言ってくれたことを思いだした。

「おばあちゃんが、あたしのほんとうの家族なんです」

みんなそろって、裁判官の部屋にはいっていく。プタとトウィンクル弁護士、それにお母さんと父ちゃま。それから、両親の弁護士だというさっきの黒いスーツの女の人と、顔にうぶ毛がはえた調査官も。

あたしは、外の長椅子《ながいす》に座って待っていた。

ずっと待っていた。

もう気分は悪くならない。なんにも感じられなくなっていた。そして、トウィンクル弁護士が言った「人間模様」を、ずっとながめていた。みんな、じっと待っている。あることを。閉まったドアの向こうにいる裁判官のひとりが、自分たちの運命を決めるのを。

これから自分がどうなるのかなんて、できるだけ考えないことにしよう、とあたしは思った。じっと待っている人たちは、長椅子《ながいす》に座ったり、壁《かべ》に寄りかかったり、長い灰色の廊下《ろうか》を歩きまわりながら小声《こごえ》でほかの人に話したりしている。だれも笑っていないし、泣いてもいない。みんなつかれきっていて、廊下《ろうか》や壁《かべ》と同じ、灰色の顔をしている。

自分がなんのためにここにいるのか、何をしているのか。それがわかっているのは、弁護士と裁判官だけだった。男の人も女の人も、黒っぽい背広《せびろ》やスーツに白いシャツやブラウスを着て、待っている人たちには目もくれずに、せかせかとみんなのあいだを行ったりきたりしている。黒い靴《くつ》がキュッキュッと鳴りながら部屋をでたりはいったり。だれかが引き止めようとしたり、行く手をじゃましたりしたときだけ、まぶたがシャッターのようにカシャッとさがる。まるで、ゆっくり走る列車で、長い旅をしてるみたい、とあたしは思った。どこに行くのかも知らないし、いつつくのかもわからない。本を持ってくればよかったなあ。でなきゃ、ゲーム機。こんなことなら数学の宿題だって、なんにもないよりましだった。

裁判官の部屋のドアが開いた。最初にでてきたのはお母さんだった。にっこり笑いながらあたしに近づいてくる。その笑顔を見たとたん、あたしの心臓は止まりそうになった。

この人といっしょに、この人の家に行けっていうの？　裁判官が言ったに違いない。

（お嬢《じょう》さんはあなたの娘ですよ。あなたのしたいようにできるんです）

お母さんの肩の向こうに、プタの顔が見えた。しかめっつらをしている。学校の行事のときに講堂にきて、タバコを吸いたいのをがまんしているときの顔と同じ。

お母さんは言った。

「キャットちゃん、ぜんぶすんだわよ。あなたはこれからもずっといい子にして、おばあちゃまといっしょに暮《く》らして、おばあちゃまのお世話をしてちょうだいな。父ちゃまがね、あなたをおばあちゃまから引きはなすのは、と―ってもかわいそうって言うのよ。おばあちゃまが、こ―んなに長いあいだ面倒《めんどう》をみてくれたんだからって。でも、いつでも父ちゃまとわたしの家に泊まりにきていいのよ。だから、あんまり悲しまないで。いいこと、キャットちゃん」

お母さんはあたしのあごの下に指を入れて、顔をあげさせた。

「キャットちゃん、わたしのために笑って見せて。いい子だから元気をだして、お母ちゃまに笑ってちょうだい」

あたしはプタのほうを見た。でも、プタはさっきからずっと天井《てんじょう》をにらんでいる。父ちゃまのほうを見ると、またウィンクしてよこした。

あたしは、にっこりと笑ってあげた。あたしのお母ちゃまに。

そろそろ、あたしの話もおしまい。あたしは復活祭の休みにリーザと父ちゃまの家に行って、けっこう楽しく過ごしてきた。五月の学期なかばの休みには、ロージーといっしょに行った。あたしが留守のあいだに、プタはウィリーをお茶に呼び、ハーレーのうしろに乗せて、ブイブイ飛ばしに連れていった。これには、さすがにあたしも気を悪くしたけれど、だまっていた。

夏には、プタとふたりでギリシャに行った。バイクを貨車にのせた鉄道旅行だったので、早く行けた。ずっとバイクじゃそろそろ骨が痛くなってきたからね、とプタは言った。あたしは、うれしくなった。もちろん、プタの骨が痛むのがうれしかったわけじゃない。列車に揺《ゆ》られてねむり、朝になって目を覚ますとアルプスの山々が窓の外をとおりすぎていく、そんな旅が大好きだったから。

夏のギリシャは暑いけれど、その年はいつもよりずっと暑かった。長い、のんびりとした日々。たいらな海の向こうに浮かぶ、ねむっているかげぼうしのような島々。ガラスのように静かな水面《みなも》。あたしたちは泳いで泳いで、泳ぎまくった。山に遊びに行くには、暑すぎたから。

あたしはいちばん近い小島に、泳いでいきたかった。

プタは最初のうちは「もっと海に慣れてからにしなさい」と言っていた。

それから「水の中ではく靴《くつ》を買ってあげるから、それまで待ちなさい。岩やウニでけがをするかもしれないよ。島にあがって休まなきゃいけないから。ひと息で行って帰るのは、ちょっとむりだからね」

次に「キャット、今日はだめ。あんなにどっさりお昼ごはんを食べたから」

あたしは海に慣れた。村でビニールの靴《くつ》も買った。そしてある日、あたしたちはお昼ごはんをぬくことにした。

すてきな遠泳だった。小島の浜辺にはウニなんか隠《かく》れてなかった。小さな、銀色の魚が、浅《あさ》瀬《せ》で矢のように泳いでいるだけ。砂の上にはぽつぽつと黒い穴が空いていて、ハマグリが中で呼吸している。晩ごはんのおかずにしようと思って掘ったけれど、いつもさっと逃《に》げられてしまう。そのうちにおもしろくなくなって、日かげのたいらな岩の上にながながと寝そべっているプタのところに行った。

プタはもうぐっすりとねむってしまった。あたしもねむってしまった。目を覚ますと、風がでている。水面《みなも》にさざ波が立つくらいだったけれど、山の上には真っ黒な、厚い雲がひろがり、そのうしろから風が吹いてきていた。

あたしたちはのびをして、あくびをしてから海にはいった。美しくて、絹《きぬ》のようになめらかな水面《みなも》。波の上に日の光がきらめいている。入り江にいるのはあたしたちだけだった。小舟も浮かんでないし、陸にも人かげはない。

小島から海岸まで戻るのには、けっこう長いこと泳がなければいけないので、そのうちにあたしはあきてしまった。

「怪獣《かいじゅう》ごっこしようよ」

うしろを泳いでいるプタに、あたしは呼びかけた。怪獣《かいじゅう》ごっこというのは、小さなころにプタとよくやった子どもっぽい遊びのこと。プタはいつもサメやクジラになって、うなりながら追いかけてきた（そのころだって、サメやクジラがうならないってことぐらいは知っていたけど、うなったほうがもっとこわくなるからね）。

プタは、なんにも言わずに、首を横にふった。白髪《しらが》が海草みたいにプタの体の周りにひろがっている。顔がいつもより青いなと思ったけれど、太陽のせいでそう見えることもあるので、あたしにはよくわからなかった。プタはにっこり笑って、かまわないで行きなさいというように手をふって、また泳ぎだした。

あたしはプタのほうに泳いでいった。プタの足はけっこう強くけっているのに、腕はいたずらに水をかいている。息も少しハアハアいっていた。

「だいじょうぶだよ。先に行きなさい。わたしはゆっくり行くから」

あたしが言われたとおりにしないと、もっとうるさく言いはじめるだろう。そうしたら、プタはますますつかれてしまう。

あたしは泳ぎはじめた。あんまりプタからはなれずに、二秒か三秒ごとにうしろを見ながら。プタが足でけるたびにうなるのが聞こえる。けるのがきつくなっているようだ。

岸までは、まだまだ遠い。

あたしはふり返って、立ち泳ぎしながらプタのようすを見た。

波が荒《あら》くなっていて、あたしのあごにあたり、口にまで水がはいってくる。さっきの黒雲は、もう空一面にひろがっていた。みるみるあいだに黒雲は太陽のふちまで近づき、太陽がすっと灰色に変わった。

プタは手をばたばたしはじめた。息もつまりかけているようだ。

「待ってて。今行くから」あたしは叫《さけ》んだ。

体をつかもうとしても、プタはおし返す。苦しそうに息をしながら「だめっ、だめだよ。ばかな子だね」と言う。

あたしも言い返した。

「そんなことしたら、ふたりともおぼれるじゃない。プタこそばかだね」

でも、あたしだってプタを助けられるかどうかわからない。やせてはいるけれど、プタはあたしより背が高いし、体重だって重い。あたしの救急バッジの実習の相手は、もっと軽くて小さな女の子だったし、波のまったくないプールでやったのだから。

プタがおびえているのがわかったので、あたしもこわくなった。でも、プタはせいいっぱい冷静になろうとして、もがいたり暴れたりしないようにしている。

あたしはプタを、あっちやこっちにおしたり、引っぱったりした。いつもプタの頭が水の上にくるようにして、あたしの胸にプタの頭をのせて背泳ぎしたり、片腕をプタにまわし、頭をあたしの肩にのせて横泳ぎしたり。あたしの頭の中にあるのは、あそこにつくことだけ。あの白い浜辺へ。暗い空の下でその浜辺も灰色になっているけれど。それに、なんて遠いんだろう。

プタが急にせきこみはじめた。そして、喉《のど》がつまったようなせきが、きみょうなヒューッという笑《わら》い声《ごえ》に変わる。えっ、パニックで頭がへんになったの？　プタは、あたしの両手をおしやると、そのまま海の底にしずんでいく。そして……あっと思うまに立っていた。あたしよりずっと背が高いプタは、もう足が立つところについていたのだった。

あたしたちは、お互《たが》いに寄りかかりながら、よたよたと海岸にたどりついた。白い石の上に荒波《あらなみ》がおしよせ、ふたりとも浅瀬《あさせ》で転んでしまった。あたしはあとわずか数メートルをはって水からでて、それからプタを助けに戻った。

プタは顔をうつぶせにして、水の中にいる。ぴくりとも動かない。あたしはプタの脇《わき》の下に手を入れ、胸が破裂《はれつ》して腕がぬけるくらい、力を入れて引っぱった。

やっとプタの体を、水のこない、浜辺の石の上に引っぱりあげることができた。プタの足のあたりには、まだ波がひたひたと寄せてきている。プタはうつぶせになったまま。あたしはプタの頭を横に向けた。プタは目をつぶっている。

「プターッ！」

呼びかけても動いてくれない。唇《くちびる》は石のような灰色。あたしはプタの横にひざまずいた。

「死なないで、おねがい！ 今はいや。今年は死なないで。あたしが大きくなるまではだめ。おねがい、おねがいだから……」

もう一度息をさせるために、何かしなければ、そうわかってはいたけれど、あたしは泣きだしてしまった。口の中も、鼻の中も、涙まで塩からい海の味がする。

プタがせきをした。口から水が流れでる。石の上に両手とひざをつき、プタは激しくせきこんでいる。それから、長い、白髪《しらが》のあいだからあたしを見て、灰色の唇《くちびる》でほほえもうとした。

ぜいぜいと息をしながら、プタはかぼそく、震《ふる》える声で言う。

「キャットが大きくなるまで……そばにいなきゃいけないいんだったら」

せきこんで、ハアハア息をして、すすり泣く。

「タバコ、やめなきゃね」

そして、プタはそのとおりにしてくれた。

訳者あとがき

キャットは、精神科医のおばあちゃん、プタとふたりきりで暮《く》らしています。とはいえ、隣《となり》には親友のロージーと、お兄ちゃんのトムがいて、毎日いっしょに通学し、それなりに楽しく、にぎやかに毎日を送っています。

ところが、突然キャットは深刻《しんこく》な問題に直面します。ひとつは、同じクラスのウィリーに、いじめの標的にされること、もうひとつは、おばあちゃんにキャットをあずけたままにしていた両親が、娘を引き取りたいと言いだしたこと。実の親ならいっしょに暮《く》らさなければいけないのか、親と暮《く》らしたくないと言ったりするのは、とんでもないことなのか……。作者は、キャットの揺《ゆ》れうごく心のうちを繊細《せんさい》にたどっていくとともに、周囲のさまざまな人たちをユーモアをこめてていねいに描きだしています。二十五年前に書かれた作品ですが、さまざまな「家族のかたち」が存在する今、また新しい光をあてて読むことができる味わい深い物語だと思います。

作者のニーナ・ボーデンは、一九二五年に英国のエセックス州で生まれ、オックスフォード大学を卒業後、大人のための小説を、さらに児童文学を書きはじめました。児童文学作品のなかで最も知られているのは、第二次世界大戦のときの疎開体験《そかいたいけん》をもとに書いた『帰ってきたキャリー』と、ガーディアン賞を受賞した『ペパーミント・ピッグのジョニー』でしょう（どちらも評論社刊　既に品切れ重版未定）。また大人向けの作品としては、世界的に権威《けんい》のあるブッカー賞の候補にもなった“Circles of Deceit”があり、児童文学と大人向けの作品の双方《そうほう》で成功をおさめた、数少ない作家のひとりとされています。

二〇〇二年五月、ニーナ・ボーデン夫妻を乗せた列車がケンブリッジに向かう途中《とちゅう》で脱線事故《だっせんじこ》をおこし、夫が亡くなり、自身も重傷を負います。その後、列車事故をなくす運動に力をそそぎ、亡き夫に向けた手紙の形式をとった“Dear Austen”を書いています。

二〇一二年八月、ニーナ・ボーデンはロンドンで八十七年の生涯《しょうがい》をとじました。

『あたしのおばあちゃんは、プタ』は、二〇〇二年に『おばあちゃんはハーレーにのって』というタイトルで偕成社から刊行されました。翻訳するにあたってボーデンさんに手紙をだしたところ、ていねいなお返事をいただきました。その中に、この作品のもとになった、いくつかのできごとが書いてありましたので、ご紹介したいと思います。

「孫娘が六歳のころ、母親（わたしの娘）がオーストラリアに芝居《しばい》の公演にでかけるため、しばらくあずかったことがあります。孫娘は、わたしにとても腹を立てていました。当時わたしたちが住んでいたロンドンの家は、何階もある、それこそ見上げるほどの家でした。孫娘は自分の寝室のある五階まで駆《か》けあがると、ドアをバタンバタンと何度も開けたり閉めたりしました。そのうち、ひとつわたしに文句を言ってやらなければと決心したようでした。わたしは、すこし待ってから、孫娘の部屋まであがっていきました。閉めきったドアに孫娘が何やら書いた紙が貼《は》ってあります……。

「おばちんわプタ（GRANNY IS A PAG）」

わたしがあんまり大きな声で笑ったものですから、孫娘も部屋からでてきて笑いだしました。こうして仲直りしたのです。孫娘は「ブタ（pig）」という字を綴《つづ》れなかったのですが、後になってディスレクシア（読み書きの障がい）だということがわかりました。

そして（この物語を書くとき）、わたしは古い友人のことも思いだしました。ポーランド人の女医さんで、第二次世界大戦のときにワルシャワの病院ですべての患者さんを救ったのちに、ロンドンまで逃げてきた人です。それから、孫娘が「プタ事件」の後しばらくしてから通いだした学校と、以前わたしが住んでいたサリー州のウェイブリッジというロンドン郊外の町、そして駅の改札口に通じる、線路をまたぐブリッジのことも……」

この物語には、プタの患者《かんじゃ》である精神を病んでいる人たちを描いたところがいくつかあります。深い共感にあふれながら、けっして感情におぼれない描き方に、わたしは心を打たれました。ボーデンさん自身の長男ニキさんも、十代のころから精神の病いに苦しみ、三十代なかばでテムズ川に身を投げて亡くなっています。ボーデンさんは自分の半生を綴《つづ》った“In My Own Time”の中で「自分の身体の一部がなくなってしまったような」ニキさんの痛ましい人生と死について、多くのページをさいて書いています。フロッシーおばあちゃんやフリスビーさんのことを書くとき、ボーデンさんの心の中には、ニキさんや、ニキさんの病院で出会った人たちの面影《おもかげ》が行き交っていたに違いありません。

英国の読書教育の第一人者であるマーガレット・ミークは『読む力を育てる』（柏書房刊）のなかで「（優れた児童文学作品の背景には）子どもたちこそ物事の本質を極めてはっきりと見ることができるのだという作者の思いが存在している」、そして「優れた児童文学の特質を知っている人たちは、それをもっと追究したいと思うのだが、知らない人たちは、なぜ（児童文学の傑作に）夢中になる大人がいるのか理解できない」と言っています。『あたしのおばあちゃんは、プタ』も、子どもの読者だけでなく、大人の方たちにもぜひ読んでいただきたい作品です。

最初の邦訳《ほうやく》から二十年近くたった今、キャットとプタの物語をふたたびお届けできるのを、本当にうれしく思っています。童話館出版のみなさま、特に編集に携《たずさ》わってくださった廣瀬文女さん、ありがとうございました。

二〇二〇年十月

こだま　ともこ

作者／ニーナ・ボーデン（Nina Bawden）
1925年、イギリスのエセックス州生まれ。オックスフォード大学卒業。1953年に大人向けの小説でデビューし、その後、子ども向けの作品を発表。作家として活躍するだけでなく、教育映画などさまざまな仕事に携わり、裁判所の判事も務めた。2012年にロンドンの自宅にて永眠。

訳者／こだま ともこ
1942年、東京都生まれ。早稲田大学文学部英文科卒業。出版社で雑誌の編集に携わったのち、子どもの本の仕事をはじめる。翻訳作品に『バーバ・ヤガー』（童話館出版）、『３びきのかわいいオオカミ』『ナンタケットの夜鳥』（ともに冨山房）、『アレックスとまほうのふね』『ふしぎなしっぽのねこカティンカ』（ともに徳間書店）、『ぼくが消えないうちに』（ポプラ社）など。

画家／金子 恵
埼玉県生まれ。女子美術大学芸術学部洋画専攻卒業。幼いころから絵を描くことや読書を好み、大学卒業後に書籍の挿絵や装幀画を手がけるようになる。書籍の仕事に『引き出しの中の家』（ポプラ社）、『バレエシューズ』（福音館書店）、『神去なあなあ日常』『父さんが帰らない町で』（ともに徳間書店）、『ぼくたちは幽霊じゃない』（岩波書店）、『犬がいた季節』（双葉社）など。

子どもの文学●青い海シリーズ・31

あたしのおばあちゃんは、ブタ

2021年１月20日　第１刷発行
2023年１月20日　第３刷発行

作／ニーナ・ボーデン
訳／こだま ともこ
絵／金子 恵

304P 21.5×15.5cm NDC933
ISBN978-4-88750-252-9

発行者　川端　翔
発行所　童話館出版
長崎市中町５番21号（〒850-0055）
TEL095(828)0654　FAX095(828)0686
https://douwakan.co.jp
印刷・製本　大村印刷株式会社

※この作品は、偕成社より『おばあちゃんはハーレーにのって』として2002年に初版刊行されたものを、翻訳を見直し、絵の一部を新たにして出版したものです。